AF239299

MAAROUF

Ein Mann, der von seiner Heimat verlassen wurde

Nurgül Sönmez

Alle verwendeten Fotos, grafische Gestaltungen und Illustrationen sind urheberrechtlich geschützt. 2022 © Nurgül Sönmez

Bibliografische Information der Deutschen Nationalbibliothek: Die Deutsche Nationalbibliothek verzeichnet diese Publikation in der Deutschen Nationalbibliografie; detaillierte bibliografische Daten sind im Internet über http://dnb.dnb.de abrufbar.

Die automatisierte Analyse des Werkes, um daraus Informationen insbesondere über Muster, Trends und Korrelationen gemäß §44b UrhG (Text und Data Mining") zu gewinnen, ist untersagt.

Lektorat: Nurgül Sönmez
Korrektorat: Luther v. Georg
Weitere Mitwirkende: Gamze Taşdemir

Verlag: BoD · Books on Demand GmbH, Überseering 33, 22297 Hamburg, bod@bod.de
Druck: Libri Plureos GmbH, Friedensallee 273, 22763 Hamburg

ISBN: 978-3-7597-3065-7

IMPRESSUM

MAAROUF

Übersetzt aus dem Original türkischen, erschienen 2022 ©

Nurgül Sönmez

Autorin: Nurgül Sönmez

Übersetzerin: Nurgül Sönmez

Lektorin: Nurgül Sönmez

Korrekturlesen: Corinna Feldmann

Korrekturlesen: Luther v. Georg

Buch Cover - Illustration: Gamze Taşdemir

Buchsatz: Gamze Taşdemir

Autorin:

✉ ns.nurgulsonmez@gmail.com

🅕 nurgulsonmez

🅞 nurgulsonmezofficial

Team:

g.tsdmrr@gmail.com

nurgulsonmezofficial

nurgulsonmez

Für alle Buchliebhaber ...

Autoren Vita

Nurgül Sönmez

21.08.1979
Deutschland

In den Jahren zwischen 1995-2020 wurde sie oft ausgezeichnet.

Bereits im Jahr 1995, begann sie zu schreiben und verfasste unzählige

Gedichte, Songtexte und Romane.

Geschrieben nach wahren Begebenheiten. Die Rechte an über 50

Romanen und über 2500 Songtexten wurden von verschiedenen

Verlagen und berühmten Komponisten übernommen.

Nun steht sie nicht mehr hinter den Kulissen,

sondern mit ihren Werken mitten auf dem Podest.

Nurgül Sönmez
– Schriftstellerin –

WERKE DER AUTORIN

- **2014** erschien ihr erstes Buch Namens ANA (Poesi) (Türkisch)
- **2015** YASEMİN'İN SAVAŞI (Türkisch)
- **2017** YASEMİN'İN İNTİKAMI (Türkisch)

2021

- Matilda (Türkisch, Deutsch)
- 1001 GECE YERİNE – BİN BİR GÜN (Türkisch)
- STATT 1001 NACHT - TAUSENDUNDEIN TAG (Deutsch)
- YASEMİN'İN ÇARESİZLİĞİ 1 (Türkisch)
- YASEMİN'İN SAVAŞI 2 (Türkisch)
- YASEMİN'İN İNTİKAMI 3 (Türkisch)

2022

- Matilda (Englisch)
- YASEMINS VERZWEIFLUNG 1 (Deutsch)
- MAAROUF (Türkisch, Deutsch)
- INSTEAD OF 1001 NIGHT - THOUSAND AND ONE DAY (Englisch)
- YASEMINS KAMPF **2** (Deutsch)

2023

- YASEMINS RACHE 3 (Deutsch)

2024

- MAAROUF (Englisch)
- YASEMIN'S DESPERATION 1 (Englisch)
- YASEMIN'S STRUGGLE 2 (Englisch)
- YASEMIN'S REVENGE 3 (Englisch)

Alle Bücher wurden ins Französische üibersetzt und sind für die kommenden Buchprojekte geplant. Danach folgen Übersetzungen ins Arabische und Spanisch. Bei Interesse und Nachfrage auch in weiteren Sprachen.

Ihre Werke © basieren auf wahren Begebenheiten und unterstützen weiterhin soziale Projekte mit dem Erlös der Bücher.

Sehr bald auch als Hörbücher erhältlich!

Tausende Stimmen können die Hoffnung
für Eine Stimme sein

Maarouf, ein Junge, der sein Leben seiner Familie widmete.

Im Alter von 15 Jahren trat er in das Militär ein, um seinem Land zu dienen. Nach einer **rigorosen militärischen Ausbildung** bis zum Alter von 18 Jahren wird er bei seinem ersten Einsatz als Geisel genommen.

Damit beginnt ein Kampf um Leben und Tod. Wie lange hält ein Mensch Gewalt aus? Wie lange kann er das Leben in **Qualen ertragen?**

Tränen des Schmerzes, der Trauer und der Hoffnung. Das Schicksal eines jungen Mannes, ein Traum, für den es sich zu kämpfen lohnt.

Wird Maarouf diesen steinigen Weg in die Freiheit schaffen? Wird er dieser Hölle entkommen?

Die unglaubliche Geschichte eines Mannes, der von seiner Heimat verlassen wurde.

Geschrieben nach einer **wahren Begebenheit.**

"Geschrieben nach einer wahren Begebenheit"

Mein Name ist Maarouf!

Ich bin am 01.04.1987 in M'Sila, einer Stadt in der Nähe von Boy Saada in Algerien geboren. Wie alle anderen war ich **ein ganz normales Kind**. Mit mir hatten meine Eltern sechs Kinder: meine ältere Schwester, zwei jüngere, meinen älteren Bruder und einen jüngeren. Ich durfte die Schule bis zur letzten dreijährigen Mittelstufe besuchen. Nur wenige schafften es bis dahin. Natürlich gab es die Möglichkeit, in die Söldnerschule zu gehen. Ich sage nicht, dass es keine besseren oder höheren Schulen gab, natürlich gab es die, aber nur für die, die das Geld dafür hatten! **Im Allgemeinen war für die meisten nach der Grundschule, die in der Regel zwei Jahre dauerte, Schluss.** Manche hatten nicht das Glück, zur Schule gehen zu können. Andere verließen die Schule von sich aus, nachdem sie ein wenig Lesen und Schreiben gelernt hatten, obwohl die Grundschule staatlich vorgeschrieben war.

Den Luxus von Zeugnissen gab es nicht. Es wurden **Anerkennungszertifikate** ausgestellt, die **Kriterien wie die Teilnahme am Unterricht oder das Bestehen von Kursen enthielten.** Ich gehörte zu den Glücklichen. Ich war **sehr dankbar** für dieses Dokument. So hatte ich in meinem Land systematisch bis zur fünften Klasse gelernt. Das war, wie gesagt, der letzte Gang, den jeder gehen konnte, mehr gab es nicht. Zumindest hatte ich mich dort eingefunden.

Wer eine weiterführende Schule besuchen, studieren oder eine Ausbildung machen wollte, musste in weit entfernte Städte ziehen. Viele hatten Verwandte in anderen Städten, zu denen sie zum Studieren gehen konnten. **Ich bin auch weggegangen, aber nicht, um zu studieren, sondern um zu arbeiten.**

Ich hatte nie darüber nachgedacht, was ich tun sollte.

Es kam, wie es kommen musste.

Um meinen Vater und meine Familie zu unterstützen, tat ich mein Bestes. Ich habe Wasser geschleppt, als Träger gearbeitet, in der Bäckerei und später in der Konditorei. Heute kann ich sowohl Brot als auch Kuchen, Brote und Torten backen. **Es gab nichts, was ich als Kind nicht gemacht hatte.** Inzwischen habe ich in vielen verschiedenen Städten gearbeitet. Zum Beispiel: Batna, Tizi Ouzou, Constantine, Bouira, Khenchela, Biskra. Das waren Städte in unserer Nähe. Obwohl ich wusste, dass ich keine Unterkunft hatte, ging ich für mehrere Nächte dorthin. **Als Kind machte ich mir darüber keine Gedanken. Normalerweise schlief ich an einem ruhigen Ort, den ich irgendwo im Freien fand.** Manchmal kam ich erst nach Wochen oder Monaten mit einer Pauschale nach Hause.

Ich fühlte mich gezwungen zu arbeiten.

Meine ältere Schwester hatte inzwischen geheiratet und war ausgezogen. Mein älterer Bruder ging zum Militär. Mit anderen Worten, nach meinem Vater war ich der Chef zu Hause und **meine geehrte Mutter, die königliche Hoheit.** Wenn er nicht da war, wurde auf mein Wort gehört. Meine Familie begrüßte mich mit einem feierlichen Festmahl. **Früher hatte ich genug Geld, um für die Kleidung meiner Geschwister, die Bildungskosten meiner Schwestern, die Bedürfnisse meiner Eltern und die Bedürfnisse des Hauses zu bezahlen.** Mein Vater hieß Abu Bakr. Den Rest des Geldes, das ich verdient und gespart hatte, gab ich meinem Vater, dem Hausherrn. Wenn mich jemand fragte, was meine Existenz in der Welt sei, würde ich antworten: **»Meine Mutter und mein Vater«.**

Meine verehrte, liebe Mutter hieß Karima. Nur um uns satt zu bekommen, verzichtete sie auf Essen und Trinken. Eigentlich dachte ich, dass *alle Mütter so handeln*, aber ich hatte schon Geschöpfe gesehen, die man nicht Menschen nennen konnte, weil sie ihre Neugeborenen in den Müll warfen oder mitten in der Wüste aussetzten. **Deshalb war meine Mutter für mich etwas Besonderes und sehr wertvoll, so wie jede Mutter etwas Besonderes sein sollte.** Was immer sie wollte, was immer sie brauchte, ich würde alles für sie besorgen und immer für sie da sein. **Solange ich diese Kraft und Leistungsfähigkeit hatte, kümmerte ich mich weiter um meine Mutter.**

Ich arbeitete jetzt seit vier bis fünf Jahren. Ich hatte schon alle Tore der Städte in unserer Nähe geöffnet, jetzt musste ich weitergehen. Schon als Kind hielt ich meinen Lohn in der Hand. Zum Überleben brauchte ich niemanden. **Hier wurde das Alter der Kinder an den Augen gemessen, nicht an den Lebensjahren.** Ein Schulabgänger galt hier als Jugendlicher, wenn er nicht arbeitete. Wie es inzwischen in unserer Stadt war, wusste ich nicht.

maarouf

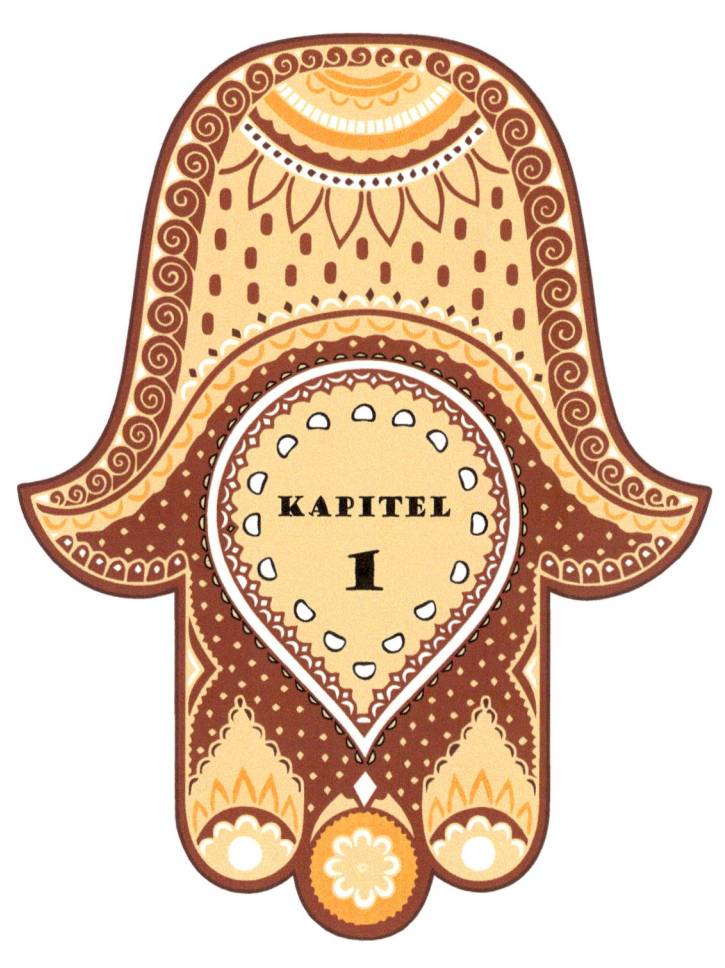

KAPITEL

1

Mit knapp **15 Jahren** hatte ich meinen **Wehrdienst angetreten.** Nun diente ich in den Grenzgebieten Algeriens. Djanet lag direkt an der Grenze zu Libyen. Es war nicht weit von der Grenze zu Niger, genau wie Mali. **Es war ein Teil Algeriens, der zur Hochrisikozone erklärt worden war.** Die militärische Ausbildung war sehr hart und lag endlich hinter mir. Mit 18 Jahren schickten sie mich in eine andere Region, wo eine noch gefährlichere Phase des Militärdienstes auf mich wartete. Es hieß:

»Sie müssen alle Befehle befolgen. Sie haben keine andere Wahl.«

Unser Kommandant teilte uns diese Anweisung mit. Dann schickte er uns ins Grenzgebiet. Uns wurde gesagt, **dass Verräter unser Land überfallen,** sich unter das Volk gemischt und die Häuser niedergebrannt hätten. Dabei war unser Volk schon arm, es gab kaum etwas zu stehlen. **Mit etwa 70 Soldaten wurden wir losgeschickt.** Mit Panzern, Lastwagen und anderen Militärfahrzeugen machten wir uns auf den Weg. Einerseits hatte ich Angst, andererseits hieß es: »Soldat, fürchte nichts!« Der Slogan erregte mich. Auf unserem Weg gab es nichts außer Wüste und Felsen. Plötzlich wurde unser Konvoi überfallen. Ein Feuerhagel prasselte auf den Konvoi nieder. **Zwei unserer Militärfahrzeuge wurden beschossen, elf unserer Soldaten starben.** Aber wir mussten den Befehl befolgen, weiterzufahren. In mir war ein Zwiespalt, denn meine Geschwister, Mama und Papa waren immer in meinen Gedanken. Ich wusste nicht einmal genau, mit welchem Feind ich es zu tun hatte. Auf der einen Seite waren die, die uns den Befehl zum Gegenangriff gaben, auf der anderen Seite die Verräter, die mein Volk angriffen... Es war eine Rebellenbande, eine grausame Gruppe, die unserem Land und unserem Volk direkten Schaden zufügte. **Skrupellos haben sie die Häuser niedergebrannt,** die Familien mit ihren Kindern, die sie getötet haben.

Da wir uns in indirekter Gefahr befanden, eröffneten wir das Feuer. **Wir verließen die Stellung bei den Panzern und antworteten ihnen in der Sprache, die sie verstanden.** Wir dachten, sie würden für den Verlust der elf Soldaten bezahlen, die ihr Leben verloren. Aber sie sprengten auch unsere anderen Militärfahrzeuge in die Luft. Unsere Zahl schrumpfte weiter, wir verloren gute Männer. Es war ein Feld aus Feuer. **Während sie feige in den Bergen Schutz suchten und uns von oben beschossen, saßen wir mitten in der Wüste am Tisch des Feindes.** Wir suchten Schutz hinter den kleinen Kakteen, konnten uns nicht verteidigen und nicht schießen. Natürlich versuchten wir, schnell voranzukommen, aber unter diesen Umständen war das ein schwieriges Unterfangen. **Ich saß im Panzer.** In einem unvorhersehbaren Moment umzingelten sie uns. Militärfahrzeuge flogen über uns hinweg. Wir wussten nicht, wie viele Fahrzeuge und wie viele Rebellen es waren.

Die Lastwagen waren voller Feinde. Diese Männer waren eine verräterische Gruppe, die sich nicht in Libyen, Mali, Niger oder Algerien niederlassen konnte. Es war eine skrupellose, hemmungslose, brutale, verräterische Gruppe, die überall Gift versprühte. **Ohne zu zögern ermordeten sie Kinder vor den Augen ihrer Mütter und folterten sogar schwangere Frauen.** Diese Gemeinschaft skrupelloser Menschen wurde überall zurückgewiesen. Niemand gewährte ihnen Zuflucht, sie wollten nur das Land erobern.

Nun waren wir an diesem Ort von Verrätern umgeben. *Sollte ich sagen hundertachtzig oder zweihundertzwanzig?* Es waren so viele wie bei einer Hochzeit. Alle hielten Kalaschnikows in den Händen, riefen Parolen aus den Militärfahrzeugen und schossen in die Luft. Sie zwangen uns, aus den Fahrzeugen auszusteigen. Einige von uns, die sich ergeben hatten, wurden mit erhobenen Händen einfach erschossen. Ich wusste nicht, wie lange wir gekämpft hatten, bis wir verloren. **Wir waren in eine Falle geraten.** Sie befahlen uns barsch, die Hände auf die Fahrzeuge zu legen, dann durchsuchten sie uns. Sämtliche Waffen, Handgranaten, Gewehre, Kalaschnikows und Munition wurden beschlagnahmt. **Die Gefangenen sollten in ihre Quartiere gebracht werden, das war alles, was wir hörten.** Das waren skrupellose Leute. Wer nicht gehorchte, wurde erschossen, geschlagen oder zu Tode gefoltert. Sie zuckten nicht einmal mit der Wimper.

Die Gruppe zwang uns auf die Knie. Wir mussten die Hände hinter dem Kopf verschränken und den Kopf senken. So konnte ich nicht sehen, was hinter mir geschah. Noch heute höre ich die Kämpfe, die Schüsse und die Parolen. Als Soldaten waren wir besiegt und wurden als Geiseln festgehalten. Bevor wir in die Fahrzeuge gebracht wurden, wurden uns die Ärmel hochgeschoben und die Handgelenke brutal zusammengebunden. Dazu stülpten sie uns Stoffsäcke über den Kopf.

Wie meine anderen überlebenden Soldatenbrüder wurde auch ich in eines ihrer Fahrzeuge verfrachtet. Nun saßen wir in einem offenen Geländewagen, aber ich wusste nicht, wie viele von uns überlebt hatten. Gnadenlos schlugen sie mit den Kolben ihrer Pistolen auf uns ein. *Was wollten sie? Warum taten sie das für ein Stück Land? Konnten wir nicht alle zusammen in vier Ländern leben? **Was wollten sie von uns?*** Ihre vollen Namen möchte ich hier nicht nennen, denn ich hatte noch heute große Angst. Diese Informationen müssen genügen, denn ich möchte hier nicht tiefergraben, um mich und meine Familie zu schützen.

Jede Geschichte braucht ihre eigene Zeit.

KAPITEL

2

Diese Verräter haben uns entführt. Sie brachten uns mit ihren Fahrzeugen irgendwohin, aber wohin, blieb uns ein Rätsel. Nach vier oder fünf Stunden Fahrt holten sie uns aus dem Fahrzeug. **Mit verhüllten Köpfen und gefesselten Armen schleppten sie uns weiter.** Sie töteten weiterhin diejenigen, die sich widersetzten und ihren Befehlen nicht gehorchten. Wieder befahlen sie uns, auf die Knie zu fallen. Ich vermutete, dass wir mit dem Rücken zu ihnen knieten. Aber ich wusste es nicht genau.

Für eine Weile hörten wir sie aus der Ferne miteinander reden, so dass es schien, als wären sie nicht in unserer Nähe. Aber das Gegenteil war der Fall, sie waren genau unter uns, hinter uns und um uns herum. Da meine Soldatenbrüder dachten, sie wären *im Moment unbeobachtet*, flüsterten sie miteinander. **Ein Fehler, denn sie wurden mit einer einzigen Kugel getötet.**

Keiner von uns konnte nach rechts oder links sehen. Das Tuch umhüllte immer noch unsere Köpfe, die auf unseren Knien lagen, und **unsere Hände waren immer noch gefesselt.** Jetzt warteten wir darauf, was mit uns geschehen würde. Von Zeit zu Zeit gingen sie in Gruppen an uns vorbei. **Sie verhielten sich selbstbewusst, als wären wir in ihrem Revier.** Ihr Verhalten war geradezu entspannt. Wo wir waren, darüber hielten sie uns im Unklaren!

Mit nur achtzehn Jahren war ich in die Hände von Banditen gefallen. Sie sahen aus wie wilde Tiere. Ihre Bärte reichten fast bis zum Bauchnabel oder bis zur Brust. Sie trugen keine militärischen Uniformen wie wir. **Sie hatten keine Uniformen,** die darauf hinwiesen, dass sie von der militärischen Macht eines Staates kamen.

Sie sprachen weder Arabisch noch Französisch. Ich war mir sicher, dass ich diese Sprache weder in Algerien noch in Niger, Mali oder Libyen gehört hatte. **Es klang, als hätten sie vier Sprachen zu einer eigenen Sprache vermischt.** In einigen Wörtern konnte ich Ähnlichkeiten erkennen. Aber ich wusste nicht, um welche Sprache es sich handelte.

Lange Zeit ließen sie uns so stehen. Ich konnte mit dem, was ich hörte, nichts anfangen. Mir fehlten Informationen über sie. Bis dahin übte ich mich im Schweigen und versuchte, den Gesprächen der an uns vorbeiziehenden Gruppen zu lauschen. Das waren keine Stadtganoven, die Waren schmuggelten. **Sie hatten sich in einem Land niedergelassen, das ihnen offiziell nicht gehörte.** Das Dorf oder die Stadt, in der sie sich aufhielten, beschlagnahmte es und nannte es ihr Eigentum. Nach dem, was ich damals hörte, vermutete ich, dass sie einen Führer hinter sich hatten, denn ich war zu dem Schluss gekommen, **dass sie nicht die Kraft und das Vertrauen hatten,** diese Dinge aus eigener Kraft zu tun.

Unter dem Stoff über meinem Kopf wurde es immer dunkler. Die Nacht war angebrochen. Unzählige Kreaturen standen mit Gewehren über uns und befahlen uns aufzustehen. Sie brachten uns an einen Ort, wo sie uns foltern konnten. **Unsicher versuchte ich, dem Befehl Folge zu leisten, obwohl ich nichts sehen konnte.** Unter mir fühlte ich Steine, Staub und Erde. Stolpernd und fallend erreichte ich den Ort, wohin wir gehen sollten. Wir mussten sehr gut planen und genau überlegen, was wir tun mussten, um zu entkommen!

Das Atmen fiel mir sehr schwer. Vor allem, weil das Stofftuch vor meinem Mund durch das Atmen nass geworden war. Man brauchte Kraft und wir hatten schon mehr als genug Schwierigkeiten. Dann waren wir da und sollten uns auf den Boden legen. **Mit gefesselten Händen lagen wir auf den Hüften.** Obwohl der Boden aus Beton war, war er staubig und erdig.

Selbst jetzt, **während ich meine Geschichte erzähle,** spüre ich diesen Schmerz, diese Steine in meiner Hüfte.

Immer mehr Rebellen kamen hinzu und riefen Parolen. Meine Aufregung wuchs, gegen meine Angst war ich machtlos. **Ich konnte die unbekannten Angreifer nicht einmal Soldaten nennen.** Das Militär handelte im Auftrag des Staates und schützte den Staat und seine Bevölkerung. Das kostete sie viel Kraft. **Nur deshalb kämpften die Soldaten, unsere Position war in diesem Fall klar.** Wir waren Soldaten des algerischen Staates. *Und was war mit ihnen?* Wenn ich sie Soldaten nennen würde, wäre das eine Beleidigung für jeden Soldaten in jeder Nation. Ich wusste nicht, was ich sagen und wie ich sie nennen sollte.

Aus Schikane fingen sie an, uns zu treten, als wir schon am Boden lagen. Sie sprangen auf uns und trampelten mit den Füßen auf uns herum. **Wir wurden tyrannisiert.** Es war ihnen egal, ob sie uns verletzten oder unsere Knochen brachen. Ihr Ziel war es, uns zu schaden und uns zu quälen.

Als wir angegriffen wurden, alarmierten wir unsere Kaserne. **Man berichtete ihnen von einem heftigen Gefecht.** Es hieß, wir haben Dutzende Soldaten verloren und unser Militärfahrzeug sei in die Luft gesprengt worden. Obwohl wir diese Informationen weitergegeben hatten, gab es keine Nachricht von unserem Kommandanten.

War er vielleicht unter uns?

Als sie auf uns eintraten und uns verletzten, waren sie amüsiert und zeigten uns die kalte Schulter. Diese Geräusche, wie sie mit ihren Gewehren auf unsere Köpfe schlugen oder auf unsere Körper sprangen und dabei lachten, konnte ich einfach nicht aus meinem Gedächtnis löschen. **Diese Schmerzensschreie hallten noch in meinen Ohren wider.** Ich glaube, es ist unmöglich, sie zu vergessen!

Nachdem sie uns gequält hatten, wurde uns befohlen, aufzustehen. Da unsere Handgelenke noch gefesselt waren, konnten wir nicht so schnell aufstehen, wie wir wollten. Natürlich wurden solche Situationen beim Militär geübt, aber im Ernstfall sah das anders aus. So standen wir wie befohlen auf, während wir geschlagen und gequält wurden.

Dann stellten sie uns alle nebeneinander auf. Wir sollten uns umdrehen. Ich hörte die Hilflosigkeit meiner Kameraden, die leise weinten. *Wie sollte dieses Stöhnen jemals aus meinen Ohren verschwinden? Das Geräusch der Schläge, der Peitschenhiebe.* In meinem Herzen verstummten die Gebete nicht ... Die Menschen mussten auf alles gefasst sein. **Die Angst vor dem Tod hatte die meisten von uns ergriffen.** Irgendwann würden wir alle sterben. Tatsächlich musste man jeden Moment auf den Tod vorbereitet sein, es ging um Sekunden. Irgendwann würden wir alle sterben. Wenn man über den Tod sprach, interpretierten ihn die meisten Menschen negativ. Man hörte Sprüche wie: »Es war eine gute Zeit«, oder: »Der Mensch sollte jederzeit bereit sein, ohne Angst zu sterben!«

Wir standen Schlange. Das Tuch war noch über unseren Köpfen. **Plötzlich hörte ich eine männliche Stimme, die fließend Englisch sprach.** Als er geendet hatte, verschwand die Stimme wieder. Unter den Rebellen war ein Sprecher, der dem fließend Englisch Sprechenden antwortete: **»Yes, Commander«.** Ich konnte kein Englisch. Nur «I'm Maarouf and what is your name? How are you? I'm fine, thank you.» Sonst kannte ich nichts. Woher auch?

Nachdem der Engländer gesagt hatte, was zu tun sei, gab er unter anderem den Befehl, uns das Tuch vom Kopf zu nehmen. **Es waren Söldner, die uns folterten, gekaufte Kreaturen, die unter dem Kommando eines Anführers standen.** *Was hatten wir mit den Engländern zu tun? Die Franzosen hatten uns schon ausgebeutet! Was hatten wir mit den Briten zu tun?* ***Was wollten sie von uns?*** Wenn ich überlebte, würde ich es vielleicht herausfinden, vielleicht auch nicht. Für gewöhnlich mischte ich mich nicht in Staatsangelegenheiten ein, aber dies war eine Sache, die es erforderte.

Die Militäruniformen, die wir trugen, wurden uns brutal vom Leib gerissen. Entweder quälten sie meine Kameraden, die den Kopf hoben und sich umschauten, mit ihren Gewehren und Peitschen, oder sie erschossen sie. **Wir waren in einer schwierigen Lage.** Aber unser Staat würde uns zu Hilfe eilen, und wir mussten Geduld haben. In der Situation, in der wir uns befanden, waren wir wie eine Herde in ihren Händen. Der Ort, an den sie uns gebracht hatten, sah aus wie ein altes, verfallenes Gebäude. **Ein riesiges, weites Areal, das einem Abbruchhaus glich, bestand nur aus einem Gerippe von Mauern.** Ein kaputtes Gebäude stand mitten im Nirgendwo. Ich wusste nicht, *wo es war und in welcher Stadt wir uns befanden.* Obwohl ich den Kopf seitlich schief hielt, versuchte ich etwas zu erkennen und herauszufinden, wo wir waren. An den Wänden waren Blutflecken. Also vermutete ich, dass *diese Banditen vor uns an diesem Ort schon andere Menschen mit denselben Foltermethoden gequält und wahrscheinlich auch getötet.*

Soweit ich hören konnte, sprachen sie ähnlich wie Arabisch. Ich vermutete, *dass es der hebräischen Sprache ähnelte.* Ich hörte zu viele hebräische Wörter. Es waren Gauner, die sich hier eingeschlichen hatten. *Was sie wollten,* wusste ich immer noch nicht.

Der Mann war zurückgekommen. Ich konnte ihn nicht sehen, weil ich mit dem Rücken zu ihm stand, aber ich erkannte ihn an seiner englischsprachigen Stimme. Vielleicht gab er *neue Befehle und Anweisungen.* Die Söldner handelten nicht selbständig, **eher wie gehorsame Hunde.** Sie sahen aus wie Araber, aber sie waren keine Araber, soweit ich das beurteilen konnte. *Wer waren sie?*

Einer nach dem anderen fragten sie nach unseren Namen, unseren Geburtsdaten und den Städten, in denen wir geboren waren und lebten. Meine Kameraden antworteten. *Das war also der neue Befehl dieses Engländers?* Ich war sehr gespannt, was als nächstes passieren würde. **Jetzt war ich an der Reihe.** Ich hatte große Angst, *dass sie meiner Familie etwas antun könnten.* Trotzdem beantwortete ich die Fragen und nun wussten sie, wer wir alle waren. *Was passiert, wenn sie meiner Familie etwas antun, während ich hier bin?* Nach diesen Fragen geriet ich in Panik. Mir wurde klar, wir waren Geiseln, wir wurden gefoltert, wir sollten getötet werden, … **Aber ich war Soldat.** Ich würde mich niemandem beugen, außer Gott. Wenn sie den Tod wollten, würde es Tote geben! **Angst war zwecklos!** Aber wenn es um meine Familie ging, dann änderte sich alles.

Nach der Reihe wurde die Ahnenforschung fortgesetzt. Die Männer, die protestierten und sich weigerten, wurden brutal behandelt. **Wir wurden alle ausgepeitscht.** Jeder, der sich widersetzte, wurde blutüberströmt ausgepeitscht. *Warum nahmen sie unsere Namen und andere persönliche Informationen?* Nachdem sie die Fesseln an unseren Armen gelöst hatten, befahlen sie uns, uns bis auf die Unterwäsche auszuziehen. Da war das Wort Scham. *Was würden sie noch tun, wenn sie uns auch diese wegnähmen?*

Meine Kameraden und ich, wir waren nackt. Wir standen mit dem Rücken zu ihnen. Wir standen in einer Reihe an einer Wand. **Es war Nacht, sie begannen, uns auszupeitschen.** Wir durften uns nicht wehren. Plötzlich schlugen sie ohne Grund auf uns ein! Ich musste stehen bleiben, auch wenn ich verletzt und blutüberströmt war. Ich tat ihnen nicht den Gefallen, umzufallen. Kein Mensch hatte das Recht, einem anderen Menschen solche Grausamkeiten anzutun. Mein tapferer Soldat, der sich nicht mehr halten konnte und blutend zu Boden fiel, **für dich stehe ich wieder auf!** Ich war Soldat, um mein Volk zu schützen. Trotz aller Schmerzen bin ich aufgestanden, um mein Land zu schützen!

Der Tag nach der Folternacht war hell, mein Körper voller Wunden. Das Geräusch des Azans war nicht mehr zu hören. *Hatte sich das Gesetz geändert?* **Hatten wir eine Grenze überschritten?** *Wo waren wir? Wohin wurden wir gewaltsam gebracht?* Noch standen wir alle nackt und aufrecht an der Wand. Am Morgen brachten sie uns ein langes weißes Gewand. Wir zogen es über unsere blutigen, verwundeten Körper. Unsere nackten Körper waren nun bedeckt, **die Scham war verschwunden.** Das war ein unmenschliches Verhalten. **Dieses weiße Gewand sollte für viele zum Leichentuch werden.** Es nahm uns den letzten Rest Hoffnung. Aber ich sagte mir, obwohl ich voller Wunden und Blut war, musste ich an der Hoffnung festhalten.

Der Morgen, der anbrach, war für uns nicht sehr hell. *Waren unsere Soldaten auf der Suche nach uns?* Das ging mir die ganze Zeit durch den Kopf. Mit allen Mitteln hatten wir versucht, den Angriff zu melden. **Die Rebellen hatten unsere Militäruniformen angezogen, die sie uns befohlen hatten auszuziehen.** Als wir unsere Uniformen sahen, wurden meine Militärbrüder wütend. »Die Banditen haben kein Recht, die Militäruniform des algerischen Staates zu tragen«, sagten sie, worauf sie gefoltert wurden und ihre weißen Gewänder zu Leichentüchern wurden.

Ich fühlte eine Schwere, eine Müdigkeit, eine Schwäche. Mein Körper schmerzte, er war eine einzige große Wunde. **Sie schleiften einen toten Soldaten an einem Arm über den Boden.** Es gab kein Mitleid. Die Leichen wurden unwürdig behandelt und transportiert! *Aber haben die wilden Bestien, die durch Folter töteten, darauf geachtet, wie sie den Leichnam trugen?* Koranverse waren in meinem Kopf, in meinem Herzen und in meinem Mund. Gott ist mit jedem Menschen, der unterdrückt wird. **Wir sind alle Menschen, unabhängig von Sprache, Rasse oder Hautfarbe.** Kein Mensch verdient es, gefoltert zu werden. Egal welcher Nation er angehörte!

Wie viele von uns hatten überlebt? Ich wusste es nicht, denn ich konnte meinen Kopf nicht drehen, um sie zu zählen. Die Müdigkeit überwältigte mich, aber der Soldat darf nicht schlafen. Er schafft es, unter allen Umständen aufrecht zu stehen. Diese Dinge lernte ich im Alter von 15 bis 18 Jahren während meiner militärischen Ausbildung. In einem mehrtägigen offenen Ausbildungslager lernten wir zu überleben, ohne uns zu bücken, zu sprechen, zu essen oder zu trinken. Der Kommandant vertrieb die, die versagten, und gab denen, die es schafften, zu essen. Drei Tage hielten wir aufrecht durch. Das war Teil der Ausbildung, jetzt verstand ich, wofür es gut war. Diese Ausbildung, die ich durchgemacht hatte, ging mir durch den Kopf. *Die können mich nicht umwerfen!* Mit diesen Gedanken gab ich mir einen moralischen Kick.

Wohin ich auch blickte, überall fielen mir Blutflecken auf. Es waren immer noch so viele Banditen, dass ich sie nicht zählen konnte. **Ständig marschierten Gruppen an mir vorbei.** Wenn mein Staat wüsste, dass wir hier sind, würde er alles tun, um uns zu retten. Er würde seine Soldaten nicht diesen Mördern überlassen! Kein Staat würde das tun!

Wessen Land hatten sie besetzt? Wo hatten sie unsere Toten hingebracht und begraben? Oder warfen sie sie weg wie Müll? Nein! Soldaten sollten ehrenvoll begraben werden. Schließlich waren wir nicht auf dem Schlachtfeld. Wir wurden zum Optimismus erzogen, und was sie taten, kam uns seltsam vor. **Wenn mir jemand sagen würde, ich solle so etwas Böses tun wie das, was mir angetan wurde, würde ich es nie und nimmer tun.**

Hätte man mir im Militär einen solchen Befehl gegeben, hätte ich sogar das Militär verlassen. Das hätte schlimme Folgen für mich gehabt, aber ich hätte mich geweigert. Nur weil ich so war, hieß das natürlich nicht, dass die anderen auch so dachten.

Diese Banditen haben wieder Leute entführt. Die Menschen, die der Öffentlichkeit Schaden zufügten, gehörten nicht zu uns. **Andere Menschen mit verhüllten Gesichtern wurden gebracht.** Sie trugen Alltagskleidung, unter ihnen waren Kinder und vor allem Frauen. Die Rebellen stellten sie an die andere Wand des verlassenen Gebäudes. Wie grausam sie waren! **Es schien ihnen Spaß zu machen, Menschen zu quälen und zu töten.** Plötzlich drangen Schüsse von draußen zu uns. Die Frauen und Kinder, die an der Wand aufgereiht waren, schrien, sie schrien fürchterlich. Ich dachte, *sie würden bis auf die Männer niedergemetzelt.* Der Schießlärm hörte nicht auf. Vier oder fünf bewaffnete Männer hielten Waffen an die Köpfe der Frauen. **Ohne mit der Wimper zu zucken, schlugen sie auf die armen Frauen ein.** Einen Platz zum Schlafen hatten sie sicher auch nicht. Selbst die Erde wird ihre Leichen verstoßen.

***

Das Erzählen war sehr anstrengend für mich, deshalb bat ich: »Ich möchte eine Pause machen«. Nachdem ich mich gesammelt hatte, fuhr ich fort.

***

Der Kampflärm und die Schreie der Frauen hallten in meinen Ohren wider. Während ich erzählte, kamen mir all die schrecklichen Bilder wieder in den Sinn, ich erlebte jede Minute noch einmal. Es war ein solcher Schmerz, der mich innerlich auffraß. **Aber ich war machtlos dagegen, ich fühlte mich wie gefesselt.** Ein Schmerz, der sich hilflos in mir festsetzte. Es waren Mütter, vielleicht hatten sie die Männer nacheinander getötet, vielleicht ihre Väter, vielleicht ihre Söhne. Die Banditen hatten die Frauen hilflos und die Kinder vielleicht als Waisen zurückgelassen. *Wo sollten sie im Jenseits einen Platz finden?* Ohne Zweifel ist Gott mit den Unterdrückten. **Mit Inbrunst rezitierte ich Verse aus dem Koran, die in meinem Herzen ruhten.** Nicht aus Angst! Das tat ich sonst immer, aber heute sollte es der Heilung meiner Seele dienen.

Auf der anderen Seite der Mauer standen durchschnittlich 25 Frauen und Kinder. Wenn die Banditen ihre Schicht wechselten, konnte ich für einen Moment etwas sehen, denn sie drehten uns den Rücken zu. Man musste diesen Banditen nicht unbedingt gegenüberstehen, um für Momente etwas zu sehen. **»Das Ohr hat auch Augen«,** sagte man bei uns.

Nach einer Weile waren die lauten Stimmen draußen verstummt. Es war unklar, was passiert war, aber wahrscheinlich hatten diese Banditen einen Massenmord begangen. Diese Dreckskerle hatten die Väter, Söhne, Ehemänner und Brüder der Frauen und Kinder ermordet, die sie am anderen Ende des Gebäudes als Geiseln genommen hatten. **Sogar das Wort «schmutzig» war im Vergleich zu dieser Tat sauber.** Sehr interessant. Für diese Menschen konnte ich keine Worte finden, keine Namen. Weil es nicht genug war, um sie zu beleidigen. Aasgeier! Mehr waren sie nicht.

Die Banditen befahlen den Frauen und Kindern, sich zu setzen, aber sie ließen ihre Gewehre nicht sinken, sondern hielten sie weiter auf ihre Köpfe gerichtet. *Was wollten sie tun, einem weinenden Kind mit ihren Gewehren in den Kopf schießen?* Wie tief wollte man noch sinken?

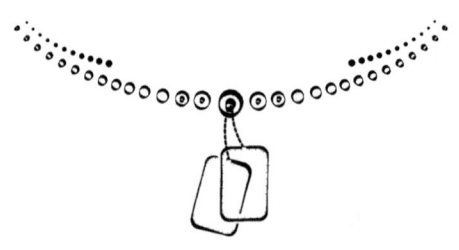

Bevor ich das nehme, was ich kriegen kann,
kämpfe ich lieber um das, was ich haben will.

KAPITEL

3

Ich wurde unsanft mit kaltem Wasser geweckt. Zuerst war ich überrascht, wo ich war, dann erinnerte ich mich, wo ich gewesen war und was ich durchgemacht hatte. Nachdem man uns mit einem Schlauch mit kaltem Wasser abgespritzt hatte, wurden meine Kameraden und ich wieder brutal ausgepeitscht. Ein paar Tage zuvor waren wir an Händen und Füßen gefesselt auf die Knie gezwungen worden und mussten an der Wand warten. **Seit dem Tag, an dem wir hergebracht wurden, hatten wir nichts anderes zu essen als Gewalt, Folter, Grausamkeit und Tod.** Hungrig warteten wir auf das, *was als nächstes kommen würde,* aber im Prinzip wussten wir, dass sie *statt einer Mahlzeit neue Foltermethoden bringen würden. Wie viele Tage konnte ein Mensch Hunger und Durst aushalten?* Die Antwort darauf sollte ich noch erfahren, *denn ich erfuhr sie gerade am eigenen Leib. Tatsächlich wandte ich das Wissen, das ich mir angeeignet hatte, in der Praxis an, anstatt mit der Theorie durchs Leben zu gehen.*

Natürlich waren das nicht die einzigen Dinge, die mir durch den Kopf gingen, während ich ausgepeitscht wurde. **Verse aus dem Koran, die sie mir nicht aus dem Herzen reißen konnten, blieben in meinem Kopf.** Das gab mir die Zähigkeit, die Geduld, den Mut und die Kraft durchzuhalten. Hätten sie es mir genommen, hätte ich mich dem Tod ergeben und wäre von ihrer Grausamkeit besiegt worden. Das wäre meine Niederlage gewesen, wenn mein Herz verstummt wäre, hätte ich mich für tot erklärt. Da dies aber nicht der

48

Fall war, verließ ich mich auf das Vertrauen, das Er mir im Namen Gottes geschenkt hatte. Er hatte mir Kraft und Entschlossenheit gegeben. **Ich kämpfte für Ihn und für das, was Er geschaffen hatte.**

Wir wurden immer noch von zehn oder zwölf Banditen brutal ausgepeitscht. Und wir hörten so viele unaussprechliche Flüche. **Die weißen Gewänder, die wir trugen, wurden von den Peitschenhieben zerrissen.** Sie können sich nicht vorstellen, wie tief die Wunden auf unserer Haut waren. Sogar der Stoff zerriss. Und als ob das noch nicht genug wäre, schnitten sie uns mit einem scharfen Messer in den Leib.

Als sie müde waren, spritzten sie uns noch einmal mit einem Schlauch ab, bevor sie gingen. Diesmal waren sie nicht so grausam! *Was wollten sie?* Sie sollten uns endlich ihre Fragen stellen, wenn sie Informationen wollten. *Was wollten sie? Warum sagten sie nicht, was sie wollten, damit wir eine Lösung finden konnten?* Ich hatte das Zeitgefühl verloren, wusste nicht, wie viele Tage vergangen waren. Unsere Soldaten waren immer noch nicht in Sicht, weder in der Nähe noch in der Ferne. Sicherlich hatten sie unsere Spuren bereits entdeckt und begannen, ihnen zu folgen. Ich vertraute meiner Regierung, dass sie sicher kommen würden.

Die Wunden einiger von uns waren so tief, dass die Peitsche bis auf die Knochen ging und tiefe Spuren hinterließ. Gott hat unseren Körper so geschaffen, dass er sich selbst heilen kann. Der Mensch und alle Lebewesen auf der Welt waren eine wunderbare Schöpfung. Gott hatte jedes Lebewesen geschaffen. **Ungeachtet seiner Rasse, Sprache, Religion, Hautfarbe, Menschlichkeit oder Tierart war es ein Wunder jenseits der Schöpfung.** *Konnte es ein schöneres Kunstwerk geben als dieses?*

Nachdem wir so lange in dieser seltsamen Haltung ausgeharrt hatten, schliefen wir irgendwann ein. Unsere Körper waren müde. Aber dann wurde ich von ihren Rufen geweckt, die zu uns riefen. Sie warfen uns ausgetrocknetes, zerrissenes Filo Brot vor die Füße. Essen war Pflicht. Schnell teilte ich es brüderlich und verteilte es an meine Kameraden. **Da sah ich, dass es nur unsere Soldaten waren, keine Kommandeure.** *Waren sie tot? Oder waren sie nicht bei uns?* Ich wusste nicht, wo sie waren. Einige Fragen gingen mir durch den Kopf, aber ich konnte keine Vorhersagen treffen, auf die ich keine Antwort wusste. Eigentlich war ich ein Mensch mit gesundem Menschenverstand, denn ich dachte, *so schlimm kann es nicht sein.* Ich sprach von meinem gesunden, alltäglichen Leben. Aber das war weder mein Alltag noch ein gesundes Leben. Man könnte sagen, es war eine außergewöhnliche Situation.

Die entführten Frauen und Kinder waren nicht mehr dort, wo sie waren. *Was war mit ihnen geschehen? Was hatten sie ihnen angetan?* Diese Typen waren wirklich die reinste Wut! **Sie waren unberechenbar.** Ich habe alles Schlechte auf dieser Erde von ihnen erwartet.

Am Abend bekamen wir endlich etwas zu trinken. Wie bei den Tieren stellten sie vier mit Wasser gefüllte Gefäße vor uns hin. Obwohl diese Menge nicht ausreichte, um unseren Durst zu stillen, tranken wir alle nur fünf oder sechs Schlucke, damit jeder etwas bekam. Bei der Frage, wie wir das Wasser zu uns nahmen, darf man nicht vergessen, dass wir immer noch an Händen und Füßen gefesselt waren. **Sie zwangen uns, das Brot vom Boden zu essen, und wir tranken wie Hunde.** Ihr Lachen war wie Eis, das durch unsere Adern floss. Obwohl sie uns Beleidigungen zuriefen und Videos aufnahmen, tranken wir das Wasser, es war unser Recht. Es stand uns zu. **Das Wasser war ein Segen, den Gott uns gesandt hatte.** Es war nicht das Werk von Menschen. Es war Gottes Werk, so wie die Meere sein Werk waren. Es war eine Frage des Glaubens, aber kein Glaube kann die Wahrheit leugnen.

Finde den Mut für die Veränderung,
die du dir wünschst, die Kraft es durchzuziehen
und den Glauben daran,
dass sich alles zum Besten wenden wird.

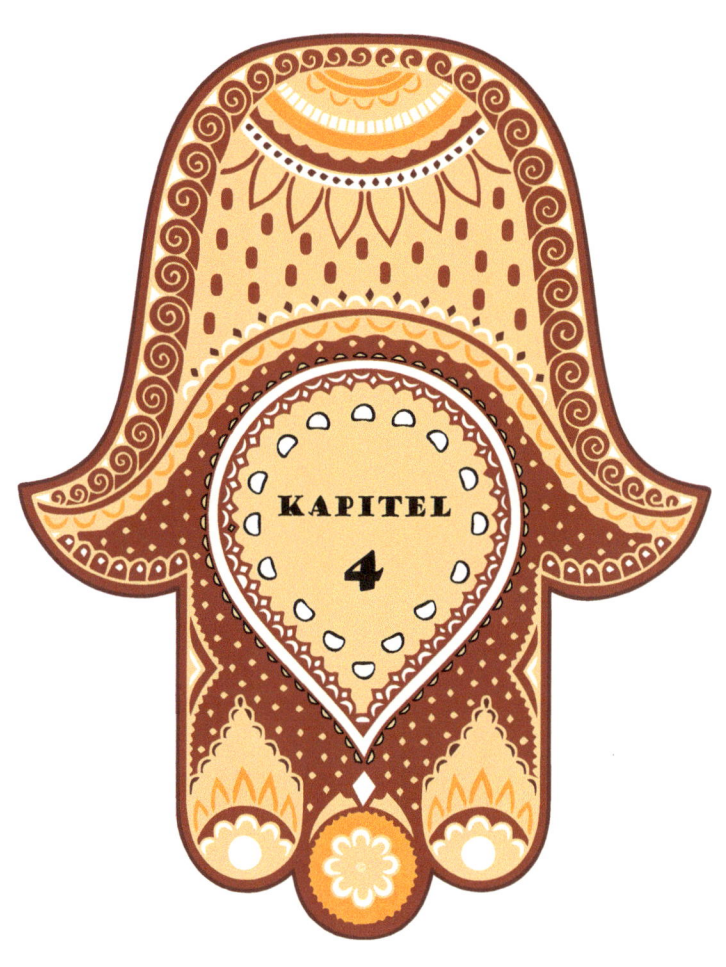

KAPITEL

4

Die Zeit verging, ich hatte keine Ahnung, wie viele Tage wir schon gefangen waren. Als ich aufwachte, wurde einer meiner Kameraden gefoltert. Wenn man sich in diesem Zustand befindet, fällt man in eine fremde Welt des Traumas. Man hörte die Schreie der Folter. Man konnte es nicht Halluzination nennen, es war etwas anderes. **Die Menschen dachten vage an ihre Lieben zu Hause, statt an das Offensichtliche, an den Tod.** Es war wie ein Traum zwischen den weißen Wolken und der Erde. Mein soldatischer Bruder wurde gefoltert, er hatte keine Macht darüber. Er war dem Tode nahe. **Die Menschheit durfte nicht schweigen.** Aber die Tatsachen sagten etwas anderes. Wenn sie nicht schwiegen, würden sie sterben wie er, gefoltert und getötet. Vielleicht könnten sie zehn Menschen retten, wenn sie schwiegen. Sie befanden sich in einem kollektiven Zustand, es war offensichtlich, was geschah, aber sie kämpften um ihr eigenes Überleben. Wenn sie nicht schwiegen und sich gegen die Situation rebellierten, würde ihr Kampf in diesem Moment enden und sie würden dem Tod überlassen werden. **Wenn sie schwiegen, würde es einen Zustand jenseits des Wunders geben, und sie würden den Lohn für ihr Schweigen darin finden, das Leben anderer zu retten.**

Natürlich möchte das Herz schreien: **»Hey, Bestie! Bist du ein Mensch?** Du folterst einen Mann mit gefesselten Händen. Löse unsere Fesseln, gib uns unsere Waffen zurück,

54

zieh uns unsere algerischen Militäruniformen aus und gib sie uns wieder, lass uns auf Augenhöhe miteinander reden und das Problem lösen«. Aber die Wahrheit war, dass sie das Gleichgewicht nicht verstanden. Sie waren gekauft, von anderen! Sie waren weder Araber noch Engländer. Ich konnte sie nicht identifizieren, ihre Sprache war wahrscheinlich hebräisch, ihr Aussehen war arabisch, wegen ihrer Bärte, aber sie waren keine Araber. Es waren Typen, die Anweisungen von einem Englisch sprechenden Person erhalten hatten und diese in die Tat umsetzten. *Aber wer waren sie? Wer hatte sie geschickt?* Das hatte ich noch nicht herausgefunden. Vielleicht waren es Briten! Aber die gekauften Söldner waren uns immer noch ein Rätsel!

Bei uns gibt es ein Sprichwort: **»Die Augen haben Ohren, wie die Ohren Augen haben«.** Man muss nicht sehen, um eine Situation zu verstehen, und man muss nicht hören, um sie zu sehen. Mir wurde klar, dass ich eine verborgene Fähigkeit besaß. Ich konnte meine Augen und Ohren vor dieser Folter verschließen. **Aber in meinem Kopf tobte ein Sturm, dieses Gefühl war mehr als eine Folter.** Ich schloss Augen und Ohren, wie sollte ich den Sturm in meinem Kopf beruhigen? Aber ich würde es nicht in der Theorie lernen, sondern in der Praxis.

Stunden vergingen. Neben dem Schleudertrauma und den Wunden schmerzten meine Füße und Hände von den Seilen. Die Haut war aufgeschürft und blutig. Sieben oder acht Banditen waren auf uns angesetzt. Zwölf oder dreizehn weitere standen am Eingang des Gebäudes. Obwohl wir ihre Stimmen hörten und sie herumliefen, konnten wir sie nicht sehen. *Wie viele waren es insgesamt?* Auf unseren Händen, Gesichtern und Körpern, die mit Wunden übersät waren, krabbelten jetzt Insekten. Diesen kleinen Insekten schmeckten unsere Wunden, **sie fraßen uns bei lebendigem Leibe auf. Hilflos mussten wir zusehen.** Aber wir konnten in dieser Situation nicht eingreifen. Wir spürten die Schmerzen wie Nadelstiche. Heimlich tauschte ich meine Gedanken mit meinen Brüdern aus, während wir buchstäblich bei lebendigem Leibe aufgefressen wurden. **Mein Bauch schmerzte, ich hatte großen Durst.** Die Peitsche hinterließ auf meinem jungen Körper Spuren wie scharfe Messerschnitte. Mein Fleisch war buchstäblich in zwei Hälften gespalten. *Wie konnten sie nur dasitzen und weiter lachen?* Sie plauderten miteinander, als säßen sie in einem Café. *Oder war ich zu mitfühlend erzogen worden?* Vom ersten Tag an hatte ich versucht, ihre Gefühle zu verstehen, aber vergeblich! Es war mir nicht möglich.

Erschrocken schreckte ich hoch. Erneut wurde ich durch das nicht enden wollende Geräusch von Schüssen geweckt! Bei diesem Tempo würde ich bald an Herzversagen sterben, nicht durch ihre grausamen Foltermethoden. **Wieder wurde jemand getötet, der Lärm von Gewehren und Kämpfen hörte nie auf.** Obwohl ich keinen Massenmord gesehen hatte, hatte ich ihn mit eigenen Ohren miterlebt. *Wer waren die Toten? Wessen Leben hatten sie ausgelöscht?* Längere Schussgeräusche bedeuteten viele Opfer. Mörder! Grausam waren sie! Möge das Seufzen der Unterdrückten über dir sein!

Plötzlich begann einer meiner Militärbrüder das Salāt zu rezitieren. Ich sah, wie erst einer dem rituellen Gebetsruf folgte, dann der nächste, noch einer, und dann stimmten wir alle ein. Wir waren sehr laut, aber trotzdem berührten unsere Gebete ihre Herzen nicht. **Nur die Erde und der Himmel seufzten.** Obwohl uns zwei Banditen, die über uns gingen, mit Gewehren auf den Kopf schlugen, hörten wir mit unserem Salāt nicht auf. Sie versuchten, uns mit ihren Gewehren zum Schweigen zu bringen, aber wir sprachen es bis zum Ende. Um der Toten willen und im Namen aller Toten. **Obwohl das Blut wieder aus den Wunden floss, hörten wir nicht auf.** Zwei weitere unserer Soldaten wurden getötet. Sieben oder acht von uns wurden wieder schwer verwundet.

Glauben Sie mir, wenn es einen Funken in meinem Herzen gab, gab es Barmherzigkeit und Gerechtigkeit. **Jeder Gläubige hat Mitgefühl, egal welcher Religion er angehört.** Religion ist Religion, Gläubiger ist Gläubiger und Ungläubiger ist

Ungläubiger! **Es gab keine Diskriminierung, nur Respekt.** Gerechtigkeit wurde mit der Waage gemessen. Wenn die Waage ausbalanciert war, galt man als barmherzig, und man konnte ihr ohne Zögern den Rücken kehren. **War das Gleichgewicht der Gerechtigkeit nicht in der Waage, so kehrte man ihm nicht den Rücken, denn man durfte sich nicht von ihm abwenden.** Genau das sollte man anstreben. *Es gab weder Gerechtigkeit noch Barmherzigkeit, wie sollte man das messen?*

Die Nacht war hart und unruhig. Es war noch dunkel, als uns die Stimmen weckten. Am Morgen lag wieder ein seltsamer Brandgeruch in der Luft. Als ich zurückblickte, sah ich schwarzen Rauch vor dem Gebäude in den Himmel steigen. Von dort kam der unerträgliche Gestank. Meine Militärbrüder, die den Geruch auch wahrnahmen, sagten erstaunt: **»Das kann doch nicht sein! Was ist das für ein widerlicher Geruch?«** Sie rissen die Augen auf. Ja, nach dem Massenmord hatte man ein Massengrab geöffnet und die Leichen verbrannt. Das kann kein anderer Geruch sein, dachten wir. Der Rauch wurde dunkler. Ich wusste nicht, ob Banditen auf uns zukamen, denn unsere Gesichter waren zur Wand gerichtet. Aber ich konnte meinen Kopf nur leicht in diese Richtung drehen.

Man sagte bei uns: **»Wir weinen nicht um die Toten«.** Aber ich weinte! Während ich die Koranverse in meiner Sprache rezitierte, weinte ich. Ich wusste nicht, wo sie mich hingebracht hatten. *In welchem Land waren wir? Wer all die vielen Toten waren,* ich wusste es nicht! Ich wusste nicht, **welcher Religion, Rasse oder Hautfarbe sie angehörten.** Während mir die Tränen über die Wangen liefen, rezitierte ich die Verse des Korans. Sie sagten, dass die Toten nicht beweint werden, weil sie Frieden gefunden haben. *Vielleicht hatten sie den Schmerz der Krankheit besiegt, vielleicht waren sie den Schmerz dieser Welt losgeworden.* Wir wussten es nicht! Man weinte, weil sie Frieden gefunden hatten. Auch wenn sie das sagten. Ich versuchte, meine Tränen zurückzuhalten, aber es gelang mir nicht. Nicht weil ich nicht zuhörte, sondern weil ich ein Gewissen und Mitgefühl hatte.

Manche Erinnerungen hören nicht auf weh zu tun,

egal wie viel Zeit vergangen ist.

KAPITEL

5

Die Tage vergingen. Wieder schütteten sie trockene, alte Filo-Krümel vor uns aus. Es schien, *als sammelten sie ihre eigenen Reste,* um sie uns zu geben. Nur ließen sie die Eimer für uns unerreichbar stehen. Wir lehnten uns nicht auf. Wir wussten um den Wert des Daseins, danke, oh Herr. Wegen des Schleudertraumas, der Wunden an Rücken, Beinen und Armen konnte ich mich nicht mehr bewegen. Mein Körper schmerzte. *Hatte je ein Mensch seinen Knochen durch die Wunde gesehen?* So hatten sie uns geprüft. Die Peitsche schnitt uns wie ein scharfes Messer ins Fleisch. **Sie waren erbarmungslos!** Das waren die guten Seiten, die ich erwähnt habe.

Eines Tages schleppten sie zwei meiner Soldaten von uns weg. Anscheinend war ihnen langweilig, denn sie banden ein Ende eines langen Seils um ihre Handgelenke und das andere Ende an den Auspuff eines Geländewagens. **Gnadenlos wurden sie über Steine, Staub, Erde und Sand gezogen.** Die Zeit schien endlos und wollte nicht vergehen. Irgendwann wurde einer meiner Militärbrüder, der kilometerlang dieser Tortur ausgesetzt war, verwundet vor uns geworfen. Der andere, so erfuhren wir, wurde von einem Stein am Straßenrand erschlagen und mitten in die Wüste geworfen. Unser zurückgekehrter Kamerad war überall mit Blut und Sand bedeckt. **»Wir sind mitten in der Sahara«,** sagte er, bevor er starb.

Nach unserer Religion wurde der Leichnam des Feindes mitten im Krieg auf eine schöne Art und Weise begraben, auch wenn der Feind in das eigene Land eingedrungen war. Der Körper wurde nicht verletzt. Er wurde in der Erde begraben, aber ohne Zeremonie.

Diese Leute waren wie Satan!

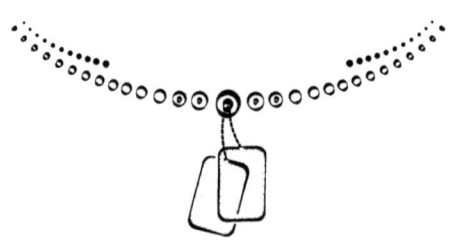

Jeder von uns wurde mal von etwas zerstört,

von dem wir dachten, dass es zu uns gehört.

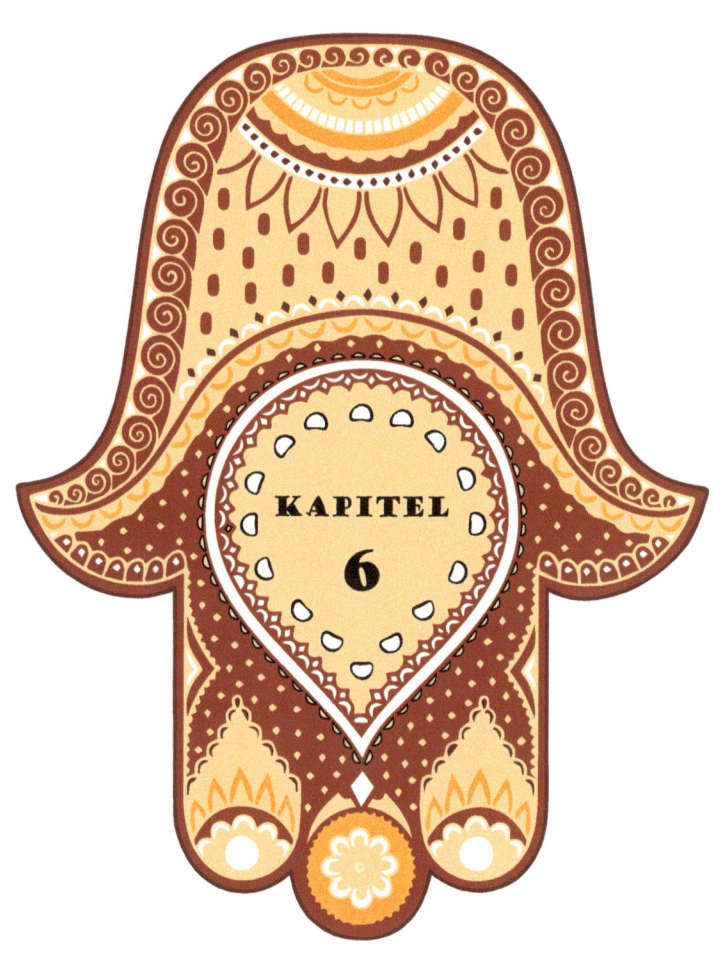

KAPITEL

6

Ich konnte Azans Ruf nicht hören. *Wo waren wir und in welchem Land?* Wir waren einunddreißig Soldaten, einunddreißig von uns waren verwundet. Unser Fleisch wurde von kleinen und großen Insekten gefressen, die sich auf uns niedergelassen hatten. **Sie fraßen uns bei lebendigem Leibe auf.** Obwohl unsere Wunden verkrustet waren, ließen sie uns nicht los, denn wenn man uns wieder auspeitschte, kamen die nächsten Wunden hinzu. Die Wunden hörten nie auf. Vielleicht waren wir wochenlang diesem Szenario ausgesetzt, in dem wir Zeugen vieler Tode wurden, von Massenmord bis Folter!

Wie viele Tage hält ein Körper das aus?

Wie gesagt, ich hatte längst aufgehört, von der Theorie zu sprechen, ich ging nur noch von meinem praktischen Wissen aus. Wenn ich überlebte, würde ich es weitergeben.

Eine andere Frage ging mir durch den Kopf! *Warum hielten sie uns am Leben? Was wollten sie damit erreichen?*

Die andere Frage, die an mir nagte, war, wann unsere Soldaten zu unserer Rettung kommen würden. *Wie lange würden wir dieses Massaker und diese Folter ertragen müssen? Was würden diese Schläger von unserem Staat bekommen, wenn sie uns freiließen? Was wollten sie?*

Das andere wichtige Thema war meine Familie, an die ich Tag und Nacht dachte! *Hatten sie von unseren Soldaten erfahren, dass wir von diesen Banditen entführt worden waren? Oder glaubten sie immer noch, dass ich beim Militär war, um meine Pflicht zu tun?* Der Schaden, der meiner Familie zugefügt werden würde, sollte auf mich zurückfallen.

Ich schwor mir, nicht den Verstand zu verlieren. Ich schwor mir, die Verse des Korans nicht aus meinem Herzen zu lassen und die Qualen so lange wie möglich zu ertragen. **Es war meine Mission!** Ich war Soldat! Auch wenn ich gefoltert wurde, hatte ich eine Pflicht.

ICH WAR EIN SOLDAT!

Ich war auf einer Mission, um meinen Staat und mein Volk zu schützen. Es war meine Pflicht, denn ich hatte geschworen, unser Land zu verteidigen. **Es war meine Pflicht, ohne Zweifel.** Nach und nach werde ich meine Geschichte erzählen, was ich erlebt und gesehen habe. »Ich würde sagen: «**Eure Soldaten sind nicht geflohen, sie wurden als Geiseln genommen! Vor allem würde ich fragen, warum unsere Soldaten nicht gekommen sind, um uns zu retten. Wenn ich in einem stillen Krieg kämpfe, werde ich immer noch stehen und von den Qualen erzählen, die wir erlitten haben. Ich werde weiterhin schweigend kämpfen und alles ertragen, was in diesem Krieg, der hier geführt wurde, geschehen ist, nur um es meinem Oberbefehlshaber zu berichten. Unsere Soldaten sind nicht feige vor ihrer Pflicht geflohen, sie wurden entführt und als Geiseln gehalten. Ich werde diese Folter ertragen, um die Wahrheit zu sagen und sie der Welt mitzuteilen. «**

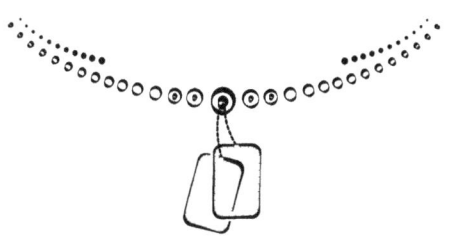

Wir straucheln, wir fallen, aber wir werden immer
wieder aufstehen und stärker zurückkommen,
als wir jemals waren.

maavonf

KAPITEL

7

Heute wurden wir wieder mitten in der Nacht von den käuflichen Kreaturen durch Nassspritzen geweckt. Ich versuchte so viel wie möglich zu trinken und drehte den Kopf. Mit gefesselten Händen, Armen und Füßen war es schwer. **Wir lagen auf einem blutgetränkten Laken auf dem Boden.** *Was für eine schreckliche Situation.* Natürlich hatten sie uns nicht mit Wasser bespritzt, um unseren Durst zu löschen oder uns zu reinigen. Der einzige Zweck war, uns wieder zu verletzen.

Sie griffen wieder wild an. Besonders mit nasser Haut hatte das Schlagen mehr Wirkung. Auch hier verloren vier meiner Kameraden ihr Leben. Sie konnten diese Grausamkeit, diese Quälerei nicht mehr ertragen. Sie sind qualvoll gestorben. Gott segne ihre Seelen!

Das waren grausame, erbarmungslose Taten! Es waren Mörder ohne Religion, ohne Sprache, ohne Rasse, ohne Hautfarbe!

Dieses weiße Gewand, das wir trugen, war voller Tränen. Als das Leder der Peitschen nass wurde, rissen sie uns schlimmere Wunden als zuvor. **Unser Blut floss, das weiße Gewand färbte sich rot.** Es war ein Verbrechen gegen die Menschlichkeit. Es war eine Situation, die bekannt gegeben werden musste, sie musste an die Öffentlichkeit. Deshalb hatte ich es ertragen, musste es ertragen, um meine Geschichte zu erzählen.

Ich war dabei, meine Kraft und meine Macht zu verlieren. Meine Wunden waren so schwer, dass ich dringend behandelt werden musste.

Es war ein Verbrechen gegen die Menschlichkeit!

Gab es ein Weltgericht? Dieses Thema sollte dorthin verschoben werden. Wenn ich an die Zahl der Soldaten dachte, die wir vorher hatten, so waren unsere Verluste entsprechend. Ich zählte nur noch 23 unserer Soldaten, die übrig geblieben waren.

Ich habe die schwerste Zeit meines Lebens alleine durchgemacht, während jeder dachte, mir geht es gut.

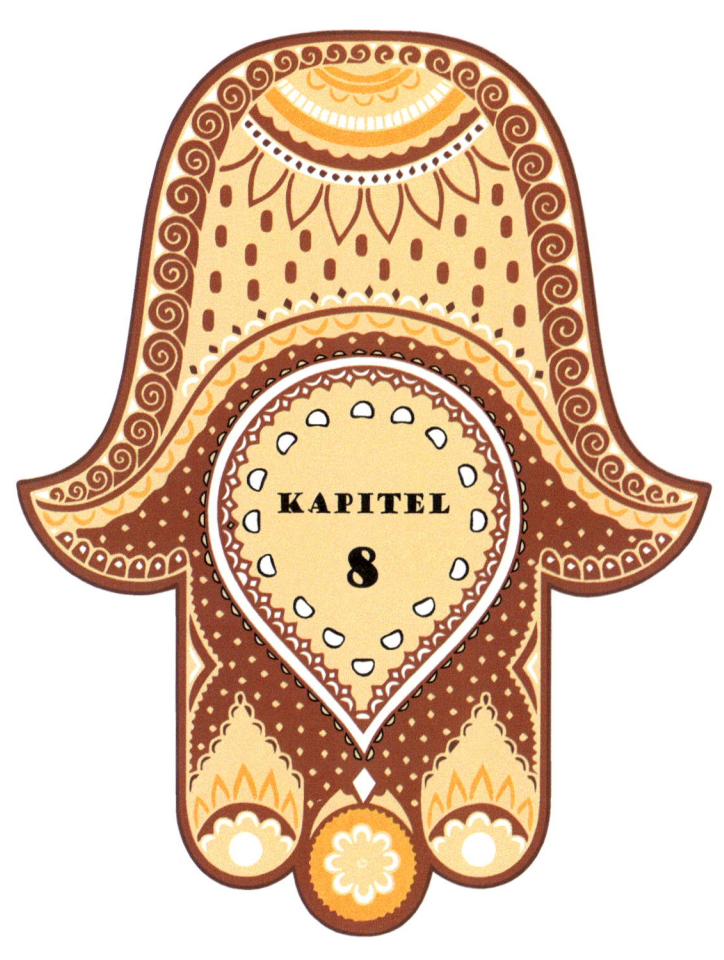

KAPITEL

8

Noch am selben Morgen, als es gerade hell wurde, betraten neun Soldaten das Gebäude. Sie kamen mit langen, dicken Seilen in den Händen auf uns zu. Es war klar, was sie vorhatten. Wir hatten alle viel Gewicht verloren, wir waren hungrig und durstig. **Unser Glaube hielt uns am Leben.** Wer es ertragen konnte, ertrug es, wer nicht, wurde dem Tod überlassen.

Sie kamen uns immer näher. Mit heftigem Ziehen weckten sie uns auf. Meine Beine waren in sehr schlechtem Zustand. Es war kein Platz mehr, um mir neue Schnitte zuzufügen. Sie hatten keine Stelle verschont, ich hatte große Schwierigkeiten, mich zu bewegen. Es war fast unmöglich, aber sie zwangen mich dazu. **Die Fesseln wurden etwas gelockert, damit wir kleine Schritte machen konnten.** Mit den Seilen, die sie mitgebracht hatten, banden sie die Fesseln an unseren Beinen zusammen, so dass wir an unsere Kameraden gefesselt waren. Das Gleiche machten sie mit unseren Händen. Wir bildeten eine lange Schlange an einem Seil.

Am Ende teilten sie uns in zwei Gruppen. **Einer der Rebellen nahm von jeder Gruppe ein Seil und führte uns. Gnadenlos zogen sie uns hinter sich her.** Mühsam gingen wir einen Schritt nach dem anderen. Als wir aus dem Gebäude kamen, hatte ich Gelegenheit, mich ein wenig umzusehen. **Der tote Soldat hatte Recht, wir waren mitten in der Wüste.** Genau in der Mitte! Als wir hergebracht wurden, hatten wir ein Tuch auf dem Kopf, da konnte ich es nicht sehen. Aber jetzt sah ich es mit eigenen Augen, unsere Umgebung war menschenleer. Das hat mich überrascht, obwohl mein verstorbener Soldatenbruder gesagt hatte, wir seien in der Wüste. Aber es mit eigenen Augen zu sehen, war etwas anderes. Es war realer, was seltsam erschien.

Dann wurden wir in getrennte Geländewagen gesetzt. Einer der Männer griff uns an und schlug uns mit seinem Gewehr. Ein anderer hatte einen Sack in der Hand. Das Auto war groß, mindestens zehn Leute konnten hinten auf der Ladefläche Platz nehmen. **Es war ein großes Geländefahrzeug, gebaut für die Wüste.** Wir fuhren weiter, ohne zu wissen, wohin wir gebracht wurden.

Zwei Mörder legten je einem Soldaten ein Seil um den Hals. Seine Hände und Füße blieben gefesselt. Dann banden sie das Ende des Seils an das Auspuffrohr. Als sie das taten, begannen wir zu reagieren. Wenn wir im Durchschnitt 10 Soldaten auf unserem Fahrzeug hatten, so waren in den anderen Fahrzeugen noch einmal so viele. **Wir hätten etwas tun müssen, wir waren genug Leute.** Aber wir taten nichts, nicht aus Angst, sondern weil wir an Händen und Füßen gefesselt waren. Wir hatten keine Chance, sie zu schlagen. **Als das Fahrzeug losfuhr, wollten sie, dass wir zusahen, wie unsere Soldatenbrüder an den Stricken um ihren Hals hinter uns hergezogen wurden.** Ich wollte das nicht sehen, aber als wir uns weigerten, schossen sie mit ihren Gewehren auf unsere Köpfe. Der Schmerz, unseren Kameraden nicht helfen zu können, war unerträglich. **Ich hatte das Gefühl, genauso zu leiden wie sie.** Ich versuchte, dieses Szenario nicht zu sehen und nicht zu hören, ich versuchte, die Folter auszublenden. Aber alles war umsonst. Meine Tränen wollten nicht versiegen, bis ihre Stimmen verstummten. Die Verse des Korans waren in meinem Mund und in meinem Herzen.

Einer der Mörder holte die sackartigen Tücher hervor, die man uns schon einmal über den Kopf gezogen hatte. **Nachdem der Folterer uns gezwungen hatte, dem Massaker an unseren Brüdern zuzusehen,** zogen sie uns die Tücher wieder gewaltsam über den Kopf und banden sie brutal zusammen.

Wieder wussten wir nicht, wohin sie uns brachten. Die Sprache, die sie untereinander sprachen, hatte ich bis zu diesem Tag noch nie gehört. Niemals! Es gab nur ganz wenige Wortähnlichkeiten mit unserer Sprache, das war alles! Ein Kamerad von mir sagte, es sei Hebräisch.

Als Gefangene gingen wir eine endlose Straße entlang. Wieder wusste ich nicht, was kommen würde. Wir bewegten uns lange Zeit auf einen unbekannten Ort zu. Ich wusste nicht, wie lange. Wieder war ich unwissend! Das Fahrzeug hielt an und der Befehl zum Aussteigen wurde gegeben.

Während sie an den Seilen zogen, fielen Freunde von mir aus dem Fahrzeug, weil unsere Füße zusammengebunden waren. Als sie fielen, fielen natürlich auch alle anderen auf sie. **Außerdem konnte man nicht sehen, wo man hintrat.** Es war eine sehr schlimme Situation, nicht sehen zu können, wo wir waren. Unsicher machten wir unsere Schritte, als ob wir Angst hätten, in ein Loch zu fallen. Beim Gehen spürte ich die kleinen Steine und Sandkörner unter meinen Füßen.

Wir waren wirklich noch in der Wüste.

Irgendwann hielten sie an und befahlen uns: **»Setzt euch hier auf den Boden«.** Sie sprachen weiter miteinander, **aber wieder in ihrer eigenen Sprache,** so dass wir nicht verstanden, worum es ging und wie es weitergehen sollte. Sie zogen ständig an den Seilen unserer Fußfesseln. Je mehr sie zogen, desto näher kamen sie uns unwillkürlich. **Das Gespräch zwischen ihnen ging weiter.** Aber sie sprachen, als ob sie einen Plan ausheckten. Nicht, dass ich es verstand, aber ich ahnte es.

Als in einem unerwarteten Augenblick drei oder vier Schüsse fielen, ertönte ein schmerzhaftes Geräusch von meinem Soldatenbruder. Er war wohl verwundet. Dann hörte ich, wie der Wagen ansprang und losfuhr. **Das Motorengeräusch entfernte sich immer weiter und verschwand dann ganz.**

Bis dahin wusste ich nicht, ob die Banditen noch über uns waren. Aus Vorsicht hatten wir geschwiegen. Unsere Hände und Arme waren immer noch gefesselt und das Tuch auf dem Kopf war immer noch da.

Lange hatten wir geschwiegen, weil wir nicht wussten, ob sie unter uns waren, denn immer hielten ein oder mehrere Banditen Wache. Währenddessen nagten die kleinen Insekten weiter an uns.

Irgendwann hielt ich es nicht mehr aus und rief: »Hey, hallo!« Ich war bereit, alles auf eine Karte zu setzen. Auf meinen Ruf antwortete mir mein Soldatenbruder. Nach einer Weile merkten wir, dass uns niemand ein Gewehr an den Kopf hielt. **Es fiel uns sehr schwer, überhaupt aufzustehen, denn wir waren an Händen, Armen, Knien und Füßen gefesselt und konnten durch das Tuch nichts sehen.** Ich rief meinen Kameraden zu, die am Anfang und am Ende des Seils gefesselt waren. »Beweg dich, bitte! Mach ein Geräusch«, sagte ich schwer atmend. Mein Kamerad, der mir am nächsten stand, sollte mir die Fesseln auf dem Rücken lösen. Als ich von meinem Kameraden keine Antwort bekam, kroch der nächste Kamerad zu mir. Nach kurzem Abtasten sagte er: »Bruder, er ist tot.« Erschüttert senkte ich den Kopf.

Es wäre ein Wunder, wenn wir unsere Fesseln lösen könnten!

Aber wir fassten neuen Mut und rückten alle näher zusammen. Wir tasteten uns an das Ende des Seils heran, wo es an einem Felsen befestigt war. Der Knoten war fest. **Wir begriffen, dass wir mitten in der Wüste zum Sterben zurückgelassen worden waren.** Stunde um Stunde hatten wir versucht, uns zu befreien! Drei unserer Kameraden waren angeschossen worden. Sie hatten sie getötet und uns allein gelassen. Ihre Leichen hingen immer noch am Ende und am Anfang des Seils, so dass es für uns schwierig war, das Ende des Seils zu lösen.

Wie würden sie die Schuld für all die verwaisten Kinder auf sich nehmen?

Wie würden sie damit umgehen?

Verzweifelt versuchten wir, den Knoten zu lösen. Stundenlang mühten wir uns, aber wir waren zu müde. Die Kraft verließ uns. **Dann beschlossen wir alle zusammen, etwas zu schlafen, denn wir brauchten etwas Ruhe, auch wenn es nur zwei Stunden waren.** Es war notwendig.

Natürlich hatten wir nicht den Luxus, uns auf die rechte oder linke Seite zu legen. So gefesselt mit dem zusätzlichen Seil, mit dem wir verbunden waren, war uns jede Freiheit genommen. **Wir konnten auch nicht auf unseren Wunden schlafen.**

Es blieb uns nichts anderes übrig, als in der Stellung zu schlafen, in der wir uns befanden. So hielten wir uns fest und lehnten uns aneinander, um etwas Kraft zu schöpfen.

Die Sonne ging schnell auf. Ich wachte mit brennenden Wunden auf. Es fühlte sich an, als würde ein Feuer in meinen Knochen wüten. **Es war zu heiß mitten in der Wüste.** Wenn wir fliehen konnten, mussten wir dringend Wasser finden. Es gab keine andere Möglichkeit, wir mussten uns von den Fesseln befreien.

Außerdem, wo hatten sie unsere anderen Kameraden aus dem zweiten Geländewagen hingebracht? Die zweite Gruppe war nicht hier bei uns. Wären sie in der Nähe gewesen, hätten wir ihre Stimmen gehört. Aber sie waren weg! *Wer weiß, was sie ihnen angetan haben?*

Das Tier ist nicht so grausam. Es tötet aufgrund seines Lebenszyklus, weil es Hunger hat. Es verbreitete Angst, wenn man durch sein Revier ging, aber es diente nur dem Schutz! **Aber was sie getan hatten, war unverzeihlich!** Es war der Menschheit unwürdig!

Dennoch war ich entschlossen zu schweigen, denn ich vermutete noch Schläfer unter uns. Meine Lippen waren vor Durst so aufgesprungen, dass die Haut aufriss. Ich schmeckte das Blut im Mund.

Eine Kugel war an meinem Kopf vorbeigeflogen. Zum Glück hatte sie mich nur gestreift, aber wie schwer ich verletzt war, wusste ich vor lauter Schmerzen nicht.

Die Kraft und Stärke, mit der ich all dieses Leid ertrug, kam aus meinem Glauben, der meine Energiequelle war. **Bevor wir uns an diesem Tag an die Arbeit machten, die Seile zu lösen, rezitierten wir die Verse des Korans.** Die Worte Gottes sprudelten aus jedem von uns wie eine lebensspendende Quelle. **Wir beteten um Kraft und Stärke, um Ausdauer und Geduld.** Dann begannen wir, das Tuch von unseren Köpfen zu lösen. Das Wichtigste war jetzt, etwas zu sehen. Auch das Atmen war eine Qual. Wir hatten verstanden, dass diese Knoten nicht einfach zu lösen waren. Sie waren so ineinander verschlungen, dass man erst den ersten Knoten lösen musste, bevor man die anderen lösen konnte. Das war umso schwieriger, da die Soldaten am Anfang des Seils getötet worden waren.

Von uns waren nicht alle stabil. Beharrlich versuchten wir, die Seile mit unseren Mündern zu lösen, aber die Zähne einiger von uns waren nicht stark genug. Unsere Hände waren auf dem Rücken gefesselt, wir mussten alle zusammenrücken, um Seite an Seite arbeiten zu können. Ich begann, das Seil, das am Felsen befestigt war, mit dem Mund zu lösen. Das habe ich nie aufgegeben. Trotz aller Schmerzen blieb ich standhaft.

Selbst als mir einige Zähne ausfielen, gab ich nicht auf. Es war nicht so einfach, wie es beschrieben wurde. Es dauerte die ganze Nacht ohne Erfolg und ich hatte mindestens sechs abgebrochene Zähne. Ich hatte sehr gelitten, aber ich musste diese Seile unbedingt lösen und machte weiter.

An meinem Mund fühlte ich einen Riss im Stoffsack. Ich atmete gierig durch den kleinen Riss. Das hieß aber nicht, dass ich sie vom Kopf bekommen konnte. Es gelang mir nicht, so sehr ich es auch versuchte. Also versuchte ich, meine Hände frei zu bekommen. Inzwischen war es mitten am Tag, aber meine Bemühungen waren vergeblich. **Das Tuch war zu festgebunden, die Seile an den Fuß- und Handgelenken zu straff.** Unsere Kräfte schwanden immer mehr. Der Durst war nicht mehr zu ertragen, der Hunger krampfte uns die Mägen zusammen. So verging der Tag und die Nacht brach wieder an. Die Möglichkeit, auch nur einen Schritt zu tun, wurde uns durch die Seile genommen. Solange sich unsere Knoten nicht lösten, saßen wir fest.

Die Erschöpfung übermannte uns. Wir lehnten uns aneinander und versuchten zu schlafen. Unsere Körper waren müde. **Die Wunden nach so vielen Quälereien und Folterungen brannten förmlich.** Die Hitze der Wüste tat ihr Übriges. Ohne Nahrung, ohne Wasser, nur mit einem Tuch über dem Kopf konnten wir kaum atmen und kämpften um unser Leben, ums Überleben. Das war eine andere Art von Folter.

Morgens, als wir aufwachten, waren unsere Muskeln verkrampft. Es fiel uns von Stunde zu Stunde schwerer, uns zu bewegen. **Bis zum Abend waren wir wieder beschäftigt.** Gegen Abend gelang es einem meiner Kameraden, obwohl er ein Stück Stoff auf dem Kopf trug, die Fesselung seines Nachbarn mit dem Mund zu lösen. Dabei verlor er seine Vorder- und Schneidezähne. Wir waren wirklich in einer sehr schwierigen und bedürftigen Lage.

Mein Soldatenbruder, dessen Hände befreit waren, löste zuerst das Stück Stoff auf seinem Kopf und zog es ab. Schnell begann er, meinem Kameraden das Tuch abzunehmen. **Die Arbeit des Freundes, dessen Hände zuerst befreit worden waren, war wirklich schwierig gewesen.** Er hatte unermüdlich gekämpft, bis seine Fingernägel splitterten. Wir waren unserem Soldatenbruder, der für uns seine Zähne verloren hatte, ein Leben lang zu Dank verpflichtet. Natürlich war uns allen dieses Gefühl bewusst. So hatten wir alle empfunden.

Unter uns befanden sich vier überlebende Soldaten meiner Truppe. **Einer von ihnen konnte den Schmerz nicht mehr ertragen und verlor sein Leben.** Nachdem wir alle endlich befreit waren, mussten wir ihn unter der Erde begraben, aber wo sollten wir hier, mitten in der Wüste, Erde finden?

Wieder war es Morgen. Wir versuchten, die Moral des anderen aufrechtzuerhalten, und setzten die Koranverse ununterbrochen fort. Das gab uns neue Kraft. Inzwischen lösten wir die Knoten beharrlich weiter. Jetzt war es leichter, sie zu lösen. **Wir hatten keine Atembeschwerden mehr, keine Atemnot.** Unsere Hand-, Fuß- und Kniebänder waren aus Kunststoff und nicht aus herkömmlichen Seilen. **Das hatte unsere Arbeit am schwierigsten gemacht.** Und sie drückten so fest, dass einige unserer Hände lila anschwollen. »Genug! Beendet diesen Schmerz!«

Viele von uns, wie auch ich, verloren bei dem Versuch, uns zu befreien, ihre Zähne. Die Schreie meiner Kameraden hallten in meinen Ohren wider! Statt Freude, die Lumpen loszuwerden, war das Erste, was ich sah, Verwunderung und Fassungslosigkeit. **Überall, wo wir hinsahen, waren Zähne.** Uns lief Blut über das Gesicht, das wir nicht abwischen konnten. Wir hingen immer noch an den seelenlosen Körpern meiner Kameraden, die dem Tod überlassen worden waren. Es war ein unbeschreiblicher Anblick und Schmerz, der sich mit dem Schmerz meiner ausgefallenen Zähne vermischte, der nicht einmal das Schleudertrauma überdecken konnte. Der Hunger und der Durst waren unerträglich. Ich bestand darauf, in der Nähe eines Felsens Wasser zu finden. **Selbst wenn es einen Kaktusbaum gäbe, würde das bedeuten, dass es Wasser gäbe.** Meine Fantasie funktionierte.

86

So kämpfte ich mit aller Kraft, um nicht zu unterliegen. Ich musste stehen bleiben, ich musste dem Tod mit aller Kraft widerstehen.

Wir hatten gehandelt. Für Gott, für uns, für unsere Familien, für unser Land. **Wir waren Soldaten!** Mit letzter Kraft riefen wir militärische Parolen. Von den siebzig Soldaten waren nur noch drei übrig. Am Ende waren wir drei Überlebende von siebzig.

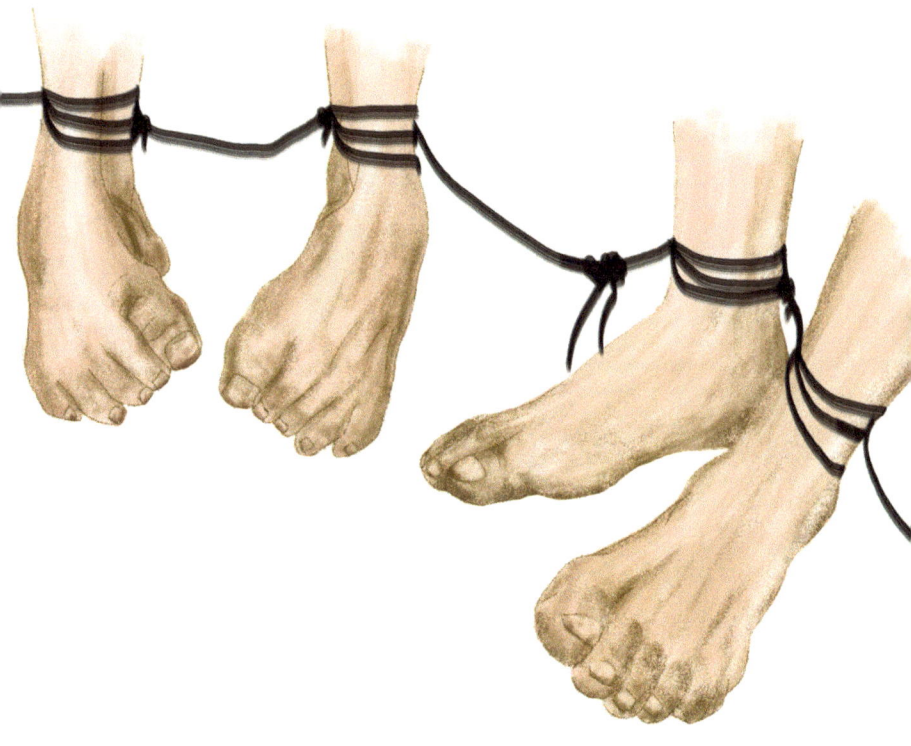

Sahara, Mali

© Nurgül Sönmez

Motiviere dich selbst,
denn niemand sonst wird es für dich tun.

KAPITEL

9

Während wir versuchten, **unsere letzten Knoten zu lösen, hörten wir das Geräusch eines sich nähernden Fahrzeugs.** Überrascht sahen wir uns um. Nein, es war eine Lüge, wir hatten Angst! Das Geräusch des Fahrzeugs kam immer näher und **es waren die Muslime aus Mali,** die vor uns anhielten. Außer den Gewehren an ihren Hüften und Händen trugen sie noch viele andere Waffen. Vier oder fünf Soldaten, die auf der Ladefläche standen, hatten ihre Waffen auf uns gerichtet. Aber wir hatten nicht einmal die Kraft, die Arme zu heben. Wurden wir gerettet? *Oder waren wir auf dem Weg in eine neue Katastrophe?*

Sie sind ausgestiegen. Alle! **Sie kamen auf uns zu und hielten ihre Waffen auf uns gerichtet.** Wir hatten Mühe, ihre Sprache zu verstehen. Wieder stießen wir auf eine neue Sprache mit ähnlichen Wörtern wie unsere. Aber es schienen gute Menschen zu sein. **Als sie merkten, dass wir unschuldig waren, halfen sie uns, die letzten Fesseln zu lösen.** Jetzt waren wir alle frei. Sie brachten uns sofort Wasser. Einer fühlte den Puls der am Boden liegenden Soldaten, ein anderer versuchte, uns aufzurichten. Unsere Muskeln waren so steif, dass wir uns nicht bewegen konnten. Die wochenlange Starre hatte uns fast unbeweglich gemacht.

Die Krähen sammelten sich bereits um unsere Köpfe und stürzten sich auf die Körper unserer Toten. Für die Krähen der Wüste war das eine Delikatesse. Um sie zu schützen, legten wir uns trotz aller Schwierigkeiten auf unsere toten Brüder. **Die Krähen kamen immer näher, um unsere tiefen Wunden aufzupicken.** Aber als wir uns nach links und rechts bewegten, flogen sie davon. Diese tapferen Malier waren gerade rechtzeitig gekommen.

Wir waren überglücklich, als der Fahrer unsere Sprache verstand. Es gab keine Beschreibung für dieses Gefühl. **Als sie uns fragten, wie wir in diese Situation gekommen seien, erklärten wir so gut es ging.** Aufrichtig besorgt trugen sie uns zu ihren Fahrzeugen. Sie kamen uns zu Hilfe wie die Vögel Ebab. Mit Erstaunen betrachteten sie die Wunden an unseren Körpern. **»Wer das getan hat, kann kein Mensch sein. Das ist schrecklich«,** sagten sie. Diese Menschen, die wie Krieger aussahen, wurden zu unseren Engeln!

Sie hatten uns gerettet und sich um unsere Toten gekümmert. **Mit Respekt hielten sie unsere toten Soldaten, bis sie richtig begraben wurden.** Ich wusste nicht genau, wohin sie uns brachten, aber als ich diese Menschen sah, die sich so um unsere Toten kümmerten und uns retteten, wusste ich, dass wir in guten Händen waren. Vor Müdigkeit schlief ich im Auto ein, bevor ich es herausfinden konnte.

Als ich die Augen öffnete, wurden meine Wunden versorgt. Der Ort, an den man uns gebracht hatte, war ein Dorf. **Draußen brannte ein Feuer, über dem ein großer Kessel kochte.** Um unsere Wunden zu behandeln, strichen sie ihre selbstgemachte Medizin auf riesige Blätter und legten sie auf unsere Wunden. **Als sie die Medizin aufgetragen hatten, fing es an zu brennen.** Zum Schluss banden sie die riesigen Blätter mit feuchten Baumstricken zusammen.

Der Fahrer, dessen Gesicht uns vertraut war, wurde unser Sprachrohr. Was immer wir gefragt wurden, was immer wir antworteten, er übersetzte es. **Wir wurden nach Mali gebracht, wir wussten es nicht, wir hatten hier die Folter geschmeckt und wurden mitten in der Wüste von Mali zum Sterben zurückgelassen.** Jetzt waren wir immer noch hier, aber hier wurde uns geholfen. Die Männer sagten, sie würden uns helfen, Algerien zu erreichen, wenn unsere Wunden etwas verheilt seien. Es war notwendig, das Militär zu erreichen, denn wir mussten ihnen sagen, was passiert war. Ich war von meinen Gefühlen überwältigt, in meinem Kopf wiederholte ich ihre Worte: **»Zuerst kommt ihre Gesundheit, wenn sie gesund sind, werden wir sie in ihr Land bringen. Wir werden sie beschützen und behüten wie unsere Familien...«.**

94

In der Mitte des Platzes brannte ein Feuer. **Ringsum standen einstöckige Häuser aus Dung, Stein und Erde.** Die Menschen hier waren wie eine Familie. Ihre Frauen und Kinder eilten herbei, um uns zu bedienen. Es war unmöglich, sich nicht zu schämen. Ich fühlte mich immer sehr schwach. Immer wieder schlief ich im Schatten ein, wo ich behandelt wurde.

Gesundes Essen wurde zubereitet, um unsere Genesung zu unterstützen. Sie waren sicher, dass wir unsere alten Kräfte wiedererlangen würden, wenn wir ihre Suppen tranken und ihre Mahlzeiten aßen. Man konnte sie fast als Heiler betrachten. **Der Ort war wie eine Oase der Heilung.** Die handgemachte Salbe, mit der sie unsere Wunden behandelten, war wie ein Wunder. Obwohl sie beim Auftragen brannte, liebte ich sie. Ihre guten Absichten waren kaum zu übersehen. Jeden Tag beteten sie pünktlich zusammen. Alle zusammen stellten sie sich auf, Kinder, Ehepartner, Alte und Junge, Mütter, Väter, Onkel, Großväter ... Bis niemand mehr zurückblieb! So war das Leben. Gemeinsam standen wir in der Qibla, der vorgeschriebenen Gebetsrichtung, und beteten unter Tränen.

Ich sage es immer und habe es immer gesagt: »Ein wahrer Gläubiger wird niemals einem Menschen etwas Böses tun!« Egal welchen Glaubens. **Es gab nur einen Gott und wir wussten, dass wir auf ihn vertrauten.** Wahre Gläubige taten das nicht. Eine Religion hatte keine Nationalität!!!

Nach vier oder fünf Tagen, in denen wir als Gäste in ihrer Wohnung lebten und unter ihrer Obhut standen, war es Zeit zu gehen. Sie gaben uns sogar Kleider. Natürlich waren unsere Wunden noch nicht ganz verheilt. **Aber ihre Gastfreundschaft und Menschlichkeit gaben uns wieder Kraft und Stärke.** Wie versprochen, begleiteten sie uns bis zur algerischen Grenze. Dank ihnen haben wir es bis zur Grenze geschafft. Sie blieben, bis die Formalitäten erledigt waren. Wir hatten an der Grenze unsere Situation erklärt, ohne zu sehr ins Detail zu gehen. **Aber die Grenzpolizei glaubte uns nicht, was wir in Mali erlebt hatten.** Also zeigten wir ihnen in einem geschlossenen Raum unsere tiefen Wunden von der Folter und die Spuren der Fesseln an Händen und Füßen. Wir sagten: **»Sie können unsere Militärstation anrufen und sich erkundigen«.** Polizei und Gendarmerie zogen sich zurück. Zuerst kamen wir über die Grenze in unser Land. Fünfzig Meter dahinter war die algerische Grenze. Es wurde Kontakt mit algerischen Polizisten und Soldaten aufgenommen. Mit ihrer Hilfe und Unterstützung wurden wir in unser Land gebracht.

Zuerst wurden wir verhört. Plötzlich fingen sie an, uns drei zu schlagen. Sie behaupteten, wir hätten uns vor dem Militär versteckt. **Sie erlaubten uns nicht zu sprechen oder uns zu verteidigen.** Sie schlugen mit ihren Stöcken auf uns ein, obwohl wir schon Verletzungen hatten. *Da wir jedoch die einzigen Überlebenden waren, mussten sie uns ihre Arme öffnen.*

Ich war überrascht! Denn mit einem solchen Empfang hatte ich nicht gerechnet. Alle drei waren wieder verwundet. Sie hatten keinem von uns zugehört. Dann warfen sie uns vor, wir hätten ihnen falsche Informationen gegeben. **Wir wären keine Soldaten, die entkommen wären!** Wir müssten uns nicht rechtfertigen für die Schläge, die wir bekommen hatten! Das Interesse und die Relevanz lagen in der Verantwortung des Militärs. *Hatte man das nicht während der militärischen Ausbildung gelernt? Oder hatte man eine Sonderausbildung erhalten, weil man der einzige Soldat war?*

Ich hatte diesen Unsinn satt. Ich hatte keine Kraft mehr. Ich bin ohnmächtig geworden. Als ich die Augen wieder öffnete, war ich in einem Krankenhaus und am Boden zerstört. In meinem Zimmer waren noch sieben andere Patienten, und die Besucher dieser Patienten drängten sich im Zimmer.

Ich hatte Angst, dass einer von ihnen zu mir kommen würde. Panik erfasste mich. Ein Arzt kam zu mir. **»Es wird ein Verhör durch das Militär geben«,** sagte er zu mir. Ich reagierte sofort: **»Lasst sie kommen, wir haben so viele Soldaten verloren. 67 unserer Soldaten sind gestorben, wir wurden mit tödlichen Wunden zurückgelassen. Die Krähen haben uns aufgefressen. Wo waren unsere Soldaten? Wo war mein Staat?«** Selbst die Besucher waren von meinen Worten fassungslos.

Alle löcherten mich mit Fragen: *Was war passiert? Wer hatte ihnen das angetan?* Es war nicht gesund für mich, in diesem Raum zu bleiben. Ich musste dringend mit den Kommandeuren sprechen. Hatte mich niemand verstanden, warum? Ich nahm das Serum ab, das man mir in die Vene gespritzt hatte, und verließ den Raum. Zielstrebig ging ich den Flur entlang zum Schwesternzimmer. Auch auf dem Flur wimmelte es von Menschen. Ich hatte Mühe durchzukommen. Aber ich wollte auf keinen Fall hierbleiben und bat die Schwestern, denen ich auch von meinem Problem erzählt hatte, mich in ein separates Zimmer zu bringen, bis jemand vom Militär käme. Sie ließen mich in der Menge warten. Ich war kurz davor, verrückt zu werden. *Wurden unsere Soldaten so wenig geschätzt? Waren wir nicht wertvoll?* **Wir waren Soldaten, SOLDATEN!** Beschützer unseres Staates und unseres Volkes. Wir waren Soldaten, die ohne zu zögern bereit waren, ihr Leben zu opfern. *Warum behandelte man uns so?*

Das hat mich gebrochen. Eine schreckliche Enttäuschung saß in meinem Herzen. **»Wo sind meine beiden anderen überlebenden Dienstbrüder?«,** fragte ich. Die Antwort war, dass sie in ein anderes Krankenhaus gebracht wurden. *Warum wurden wir getrennt? Wäre es nicht besser gewesen, uns alle drei in dasselbe Krankenhaus zu bringen? Hatten sie keinen Platz?* Offensichtlich gab es so viele Besucher, dass selbst der Patient kaum durch den Flur kam. Sie verstanden, dass ich wütend war, aber sie reagierten nicht.

Schließlich verließ ich freiwillig das Krankenhaus und beschloss, nicht mit dem Kommandanten, sondern mit dem General zu sprechen. Aber zuerst musste ich herausfinden, in welcher Stadt ich war. Ich hatte nicht einmal einen halben Dinar in der Tasche. Vielleicht hätte ich jemanden finden sollen, der mir hilft. Ich hätte zum Beispiel den Kommandanten bitten können, mich zu einem General zu bringen. *Am besten wäre es gewesen, zu einem Militärfahrzeug zu gehen* und ihnen zu sagen, was los ist. **Die Kleidung, die ich trug, wurde mir von optimistischen Menschen in Mali geschenkt, weil ich nichts besaß.** Ich war verzweifelt! Draußen wimmelte es von Menschen. Wieder geriet ich in einer Menschenmenge in Panik. So etwas hatte ich noch nie erlebt. **Im Krankenhaus hatte ich meine erste Panikattacke.** Die Auswirkungen der Geiselnahme, diese Panikattacken sollten sich Tag für Tag manifestieren. Das war ein Verbrechen gegen die Menschlichkeit und hätte dem General gemeldet werden müssen. **Wir hatten 67 unserer Soldaten verloren.** Ich gehörte zu den Überlebenden. Das musste gemeldet werden.

Endlich sah ich ein Militärfahrzeug in der Menge stehen. Wegen meiner Wunden konnte ich mich kaum nähern. Aber sie bemerkten, dass etwas Seltsames an mir war. Als sie merkten, dass ich mich ihnen näherte, schickten sie jemanden zu mir. **Aber ich war Soldat! Ein verwundeter Soldat!** Ich ging weiter auf sie zu und wollte reden. **»Halt«**, befahlen sie zuerst.

Ich gehorchte sofort, denn ich trug keine Militäruniform. Ich konnte nicht damit rechnen, dass sie mich als Soldaten erkennen würden.

»Sprich«, forderten sie mich auf.

Ich gab den militärischen Gruß, und sie taten es mir gleich! Ihr Kommandant stieg aus dem anderen Fahrzeug aus und kam auf mich zu. Ich sagte: **»Ich bin Soldat, einer von siebzig Soldaten, die auf Befehl mit neun Militärfahrzeugen an die Grenze geschickt wurden. In der Nähe der Grenze kam es zu einem Zusammenstoß. Einige unserer Fahrzeuge wurden in die Luft gesprengt. Beim ersten Angriff haben wir gute Soldaten verloren. Dann nahmen sie alle unsere Soldaten und mich als Geiseln«.**

Als ich den Rest meiner Erlebnisse schilderte, stoppte mich der Kommandant plötzlich. Die Soldaten hatten sich um uns versammelt und hörten fassungslos zu. Man sah es ihnen an. Der Kommandant hatte mir befohlen, nur ihm zu erzählen. Wenn es half, sagte ich es ihm. Wir gingen also in einen Raum und ich fügte hinzu: **»Sie haben die beiden anderen Überlebenden in ein anderes Krankenhaus gebracht. Sie sind meine Zeugen.«** Dann zeigte ich ihm die Wunden an meinem Körper und beobachtete seine Haltung.

Sofort brachte er mich in seinem Fahrzeug zum Militärstützpunkt. Zuerst wartete ich im Flur, oder besser gesagt, ich musste lange warten. Nach einigen Telefonaten wurde ich in ein Zimmer gerufen. Als Gegenleistung für den militärischen Gruß begrüßte ich ihn auf dieselbe Weise.

«Ich habe ihre Aussage recherchiert. Es gab nie einen solchen Befehl vom Militär, es gab nie siebzig Soldaten und neun Militärfahrzeuge im Grenzgebiet. Verstehen Sie, was ich sage, Soldat?"

Auf der einen Seite war ich naiv, aber ich verlor nicht mein Selbstvertrauen, also sagte ich: **»Nein, mein General? Ich weiß nicht, mit wem Sie gesprochen haben, aber glauben Sie mir, Sie haben falsche Informationen erhalten. Die Spuren an meinem Körper sind keine Lüge!«** Sofort befahl er mir, mich zu bedecken. Er sah meine Wunden und ignorierte sie!

Wieder bat ich ihn, nach unseren 67 Soldaten zu suchen, die vor meinen Augen brutal ermordet wurden. Wir wurden wochenlang gefoltert, dann haben sie uns alle in der Wüste von Mali gefesselt und zum Sterben zurückgelassen. **Dort haben wir auch Soldaten verloren.** Einige Tage später wurden wir von der malischen Bevölkerung gerettet. Sie begruben unsere Soldaten, die neben uns gestorben waren, und nahmen uns für einige Tage bei sich auf, um unsere Wunden zu versorgen.

Sie gaben uns zu essen und zu trinken, statteten uns mit Kleidung aus und begleiteten uns sogar bis zur algerischen Grenze. **Ich war einer der letzten drei Überlebenden von siebzig unserer Soldaten.**

Trocken sagte er: **»Du hast so eine Situation niemals erlebt, du hast sie nicht gesehen. Komm, geh nach Hause!«** Dann rief er einen Soldaten herein, der mich aus dem Zimmer führen sollte. Ich konnte nicht glauben, was ich da hörte.

War es das? Hat sich der Soldat so um sie gekümmert? Beschützte er sie so? Ich wusste immer noch nicht, in welcher Stadt ich mich befand. **Als ich die Passanten fragte, erfuhr ich, dass ich in der Stadt Djanet war.** *Wie würde ich nach Hause kommen? Wie würden meine Wunden heilen?* In Mali hatte man die handgemachte Salbe in der Größe eines Basketballs vorbereitet und uns in einem Stoffbeutel mitgegeben. Bevor ich ins Krankenhaus kam, lag er neben mir. Aber zu meinem großen Bedauern war er verschwunden. Wenn ich die Salbe noch gehabt hätte, hätte ich sie wenigstens benutzen können.

Das Gehen fiel mir immer noch schwer. Meine Füße waren wochenlang verbunden. Statt ihre Soldaten zu retten, ließen sie sie nackt zurück. **Das war ein Verbrechen gegen die Menschlichkeit.** Ich würde bis zum obersten General gehen. Mein Weg führte nicht nach Hause, sondern nach Algier, in die Hauptstadt Algeriens. Dort gab es keinen Höheren. Zuerst musste ich einen Weg aus der Stadt Djanet finden. *Aber wie? Mit wem, wer könnte mich mitnehmen?* Der Ort, an dem ich mich befand, war wie ein Busbahnhof. Mir blieb nichts anderes übrig, als jeden Autofahrer zu fragen, der mir in die Quere kam. Es schien, als müsste ich Schritt für Schritt gehen, um meinem Ziel näher zu kommen. Ich wünschte, ich wäre mit einem Schritt in Algier angekommen, aber so war es nicht. Bevor ich Algier erreichte, musste ich durch die Stadt, in der ich wohnte. Deshalb wollte ich bei meiner Mutter und meinem Vater vorbeischauen und ihren Segen einholen, damit ich meinen Weg fortsetzen konnte.

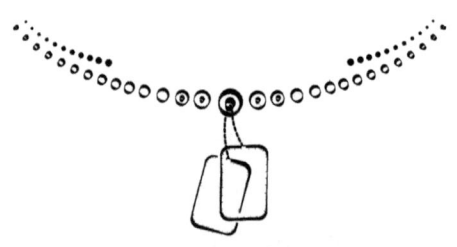

Du kannst das, was passiert ist nicht verändern,

aber du kannst selbst wählen, wie es weiter geht.

KAPITEL

10

Ich fragte überall, bei vielen Fahrgästen, Busfahrern, Sammeltaxis ... aber vergeblich. So verbrachte ich die Nacht auf einem Bordstein am Busbahnhof. Müde, schläfrig, hungrig, durstig, mit Schmerzen ... **Es war eine Qual für mich, nicht dorthin zu kommen, wohin ich wollte.** Nachts, allein auf dem Bürgersteig, dachte ich nur an meine Familie. *Was, wenn die Rebellen ihnen etwas angetan hatten? Was, wenn sie alles tun würden, um mich zum Schweigen zu bringen?* Ich dachte an *Auswanderung.* Irgendwie musste ich meine Familie da rausholen und in eine andere Stadt ziehen. Ja, *wir mussten auswandern,* damit ich meine Familie vor diesen heimtückischen Mördern schützen konnte.

Plötzlich setzte sich unerwartet ein Mann neben mich. **»Du bist kein Bettler, das sieht man. Du bist erschöpft. Die Kleider, die du trägst, sind aus Mali«,** sprach mich der Fremde an. Ich antwortete: **»Ich komme aus Algerien und ja, ich komme gerade aus Mali«.** Der Mann erzählte mir Dinge, die er auf den ersten Blick erkannte.

»Meine Reise beginnt in zwei oder drei Stunden. Ich bin Lastwagenfahrer. Wohin geht die Reise?«, fragte er. **»Eigentlich nach Algier, aber ich muss nach Bou Saada / M› Sila, aber ich kann nicht bezahlen.«** Sofort bot er an: **»Schon gut, es liegt auf meinem Weg. Ich war auf der Suche nach einem gleichgesinnten Reisepartner.«** Gott hatte mir diesen Mann geschickt. Er wollte, dass ich in seinem

Lastwagen mit ihm reise. Er würde mich mit meiner Familie wiedervereinen, und meine Familie wusste nicht einmal, dass ich kommen würde. **Das erfüllte mich mit Hoffnung.** Gute Menschen sollte es überall im Leben geben. Wir gingen nur vorwärts, es gab keinen anderen Weg.

Nach diesen negativen und tiefgreifenden Tagen, die ich erlebt hatte, begannen seltsame Reaktionen in meinem Körper. Panikattacken, Angst, Atemnot... Aber es war kein allgemeines Gefühl, das in einer bestimmten Situation auftrat. **Es war ein Gefühl der Angst, das von Panik begleitet wurde.** Der LKW-Fahrer sagte mir, ich könne mich unterwegs ausruhen, da ich müde und erschöpft sei. **Ich war ihm sehr dankbar, aber ich war immer halb wach, um aufzupassen.** Während ich mich ausruhte, wollte ich keine schlechten Gefühle aufkommen lassen, aber ich konnte nicht anders. *Was, wenn der Kommandant, mit dem ich gesprochen hatte, versuchte, Leute hinter mir herzuschicken, um mich auszuschalten?* Diese Gedanken gingen mir immer wieder durch den Kopf. Leider konnte ich meine Gedanken nicht stoppen. Nach allem, was ich durchgemacht hatte, waren diese Gefühle und Gedanken normal, gestand ich mir ein. Schließlich zog ich mich mit einem offenen Auge zur Ruhe zurück.

Nach einer Weile **bog der Lastwagenfahrer auf die Hauptstraße** ein und sagte: »Los gehts, wir können losfahren«.

Er war ein guter und fröhlicher Mensch. Er gab mir auch in diesem Zustand Frieden. »Wir haben einen langen Weg vor uns, wir haben viel Zeit zum Reden«, bot er mir an. Ich würde lügen, wenn ich sagen würde, dass ich nicht aufgeregt war. Denn ich war aufgeregt! Ich wollte so schnell wie möglich zu meiner Familie und dachte: *Ich werde ihnen alles erzählen, was ich erlebt habe. Sie müssen die Wahrheit erfahren!* Dann werde ich nach meiner Familie mit dem General sprechen und ihm sagen, was passiert ist.

Unsere Reise dauerte siebzehn Stunden, dann kamen wir in der Stadt an, in der ich geboren und aufgewachsen bin. Ich dachte, er würde mich irgendwo absetzen und weiterfahren, aber er brachte mich bis vor meine Haustür. **Ich lud ihn in mein Haus ein und sagte ihm, dass er ohne Essen nicht weitergehen könne.**

Als ich das Haus von weitem sah, hatte ich ein Lächeln im Gesicht, für das es keine Worte gab. Ich dachte, *ich hätte es endlich geschafft.* Aber als ich näherkam, **sah ich die Einschlusslöcher in unserer Gartenmauer und in der Hausfassade.** Sie hatten mein Haus buchstäblich in ein Sieb verwandelt. In aller Eile stürmte ich ins Haus. Niemand war da. In Panik klopfte ich bei den Nachbarn an. Jemand nickte mir zu, öffnete aber nicht. Hastig rannte ich zum nächsten Nachbarn, der die Tür öffnete. Die alte Frau bat mich: »Komm, mein Sohn, komm!

Wo bist du gewesen? Banditen haben dein Haus überfallen, sie haben geschossen. Mein Mann hat deine Familie zu deiner Großmutter gebracht. Nicht eine, alle! Zum Glück ist niemandem etwas passiert. Die Verräter kamen von der Vorderseite des Hauses. Drei oder vier mit langen Gewehren. Die anderen Verräter schossen aus ihren Fahrzeugen. Mit Mühe haben wir deine Familie gerettet, mein Sohn. Heimlich haben wir sie durch den Hinterhof in unser Haus geschleust. Suchen die Verräter etwas in eurem Haus, mein Sohn? Sie haben das ganze Haus geplündert.«

„Was? Wann haben sie unser Haus überfallen oder beschossen?«, **fragte ich immer verwirrter.** *Das kann doch nicht sein!* Meine Familie, meine Mutter, mein Vater, meine Brüder und Schwestern. Sie waren wehrlos. *Wie konnte ich nicht bei ihnen sein?* Trauer und Wut überwältigten mich. „Wir sollten zur Polizei gehen. Vielleicht kann uns die Polizei helfen«, sagte ich hastig. »Nein, mein Sohn. Die Polizei kam auch, aber als sie sie sahen, gingen sie wieder weg. Sie haben sich nicht eingemischt, sie haben niemanden daran gehindert. Die Verräter haben gemacht, was sie wollten. Verschwende hier keine Zeit, geh sofort zu deiner Familie«, riet sie mir.

Sie hatte Recht, ich sollte so schnell wie möglich zu meiner Familie gehen. **Der Lastwagenfahrer Mahmoud bot mir an, mich dorthin zu bringen.** Während der dreistündigen

Fahrt erzählte ich ihm alles, was ich erlebt hatte. **Ich zeigte ihm meine Wunden, so gut ich konnte.** Natürlich war er überrascht und verwundert. »Na, warum hat sich das Militär nicht um dich gekümmert? Haben sie dich nicht untersucht, als du zurückkamst?«, fragte er. »Ich hatte den Befehl zu verschwinden«, antwortete ich. In meinem Land ist so vieles schief gelaufen. Es gab Probleme, aber das waren nicht meine Probleme, denn ich war nur für meine Familie verantwortlich. Der Staat für die Angelegenheiten des Staates.

Der Lastwagenfahrer Mahmoud hatte mich bei meiner Familie abgesetzt. Endlich hatte ich sie wieder. Weil so viele Leute kamen und gingen, konnte ich gar nicht anfangen, meine Erlebnisse zu erzählen. **Aber sie erzählten mir ihre Situation, indem sie mir eine kurze Zusammenfassung gaben.** Es waren Männer mit Bärten und dämonischen Gesichtern, die versuchten, sie zu töten. Wenn man ihnen in die Hände fiele, würden sie einem Schaden zufügen. Sie sagten, sie hätten so ein Bild von diesen Männern.

Ja, ich glaubte es. Denn ich war sie losgeworden und hergekommen. Sie hatten 67 unserer Soldaten getötet und mein Staat glaubte mir nicht. Die Polizei schützte meine Familie nicht, sie griff nicht einmal ein. *Was war das für eine Situation? Mit wem hatten wir es zu tun?* Damals wie heute wusste ich es nicht. *Wer war diese Verräter, die uns infiltriert hatten?*

110

Das Militär und unser Staat mussten es wissen. Es gab keinen anderen Weg! Meine Regierung musste informiert werden.

Der Fahrer Mahmoud sagte, bevor er weiterfuhr: »Komm, **ich bringe dich an dein Ziel.** Ich bin bei dir, dann bringe ich dich zu deiner Familie zurück«. Ich bedankte mich und nahm sein Angebot an. In seinem Gesicht spiegelte sich Menschlichkeit. Der Mensch offenbart sich, genau wie Mahmoud.

Wie versprochen brachte er mich zum Hauptquartier des Militärs, wo ich hoffte, einen Landesobergeneral zu finden. Bei der ersten Befragung hatte ich große Schwierigkeiten, da ich meinen Personalausweis und andere benötigte Informationen nicht bei mir hatte. Als ich anfing, mein Erlebnis zu schildern, sagte man mir: **»Warten Sie hier, ich rufe den Quartiermeister«.** Als er zurückkam, sagte er zu mir: »Komm mit.« Ich folgte ihm sofort. Aber hier sagte man mir dasselbe:

»Du hast nichts gesehen, du hast nichts gehört, du weißt nichts!«

Am Ende sagte er: **»Du musst deine Familie nehmen und mit ihnen untertauchen.** Ich helfe dir dabei.«

Warum hatten sie solche Angst vor diesen Männern? Wer war diese Männer, von denen sie glaubten, sie hätten die Macht, unserem Staat, unserem Militär und unserem Volk Schaden zuzufügen? Wer waren sie? Alle meine Gedanken und Befragungen blieben unbeantwortet. Diese Worte blieben Waise.

»Wenn der General so etwas sagt, dann weiß er etwas«, sagte Mahmoud, der Lastwagenfahrer. Mir blieb nichts anderes übrig, als es zu akzeptieren. Ich werde dir meine Hilfe nicht verweigern, er wollte mir helfen, meinen Onkel aus Frankreich zu bitten, mir zu einer neuen Identität zu verhelfen«, sagte er. Ich vertraute ihm, warum auch immer!

»Tauchen Sie eine Zeit lang als unbekannte Person in einer neuen Umgebung unter. Für den Notfall gebe ich Ihnen meine Nummer. So können Sie mich erreichen«, bot der Landesobergeneral an.

»Sie haben uns infiltriert. Ich werde auch Ihrer Familie mit Ihren neuen Identitäten helfen. Sprechen Sie sofort mit Ihrem Onkel, **er soll so schnell wie möglich mit der Prozedur beginnen.** Sie müssen das Haus verlassen, in dem Sie leben. Lassen Sie es einfach zurück. Denn ich bin sicher, dass sie jemanden eingeschleust haben. Es ist sehr zweifelhaft, dass sie sicher zu Ihrem Haus kommen. Sie werden mit Sicherheit das Feuer eröffnen. Weil sie glauben, dass jemand unter Ihnen lebt,

112

werden sie versuchen, die Spuren ihrer Taten zu verwischen. **Ihr Leben ist in Gefahr, Soldat!** Ich rate Ihnen, das Land zu verlassen, um Ihr Leben zu schützen, was das Beste für Sie ist. Gehen Sie nicht zu Ihrer Familie zurück, wandern Sie aus. Gehen Sie woanders hin. Es ist unmöglich, Sie mit Ihrer neuen Identität aufzuspüren. Ich werde Sie unterstützen, darauf können Sie sich hundertprozentig verlassen! Ich suche Ihnen ein Haus ohne Nachbarn rechts und links, auch wenn es ein Slum oder eine wohlhabende Gegend ist, machen Sie sich erst einmal keine Sorgen, es werden noch genug auf Sie einstürzen. Bereiten Sie sich darauf vor, mit Ihrer Familie ein neues Leben zu beginnen. Ich beginne heute damit, einen Platz für Sie zu finden, ich beginne gleich mit Ihrer Neuem ID-Prozess«, sagte er.

Nachdem wir gegangen waren, folgte er unserem Lastwagen. Etwas passierte mit mir, ich war in Gefahr. **Der Täter wurde zum Opfer und das Opfer zum Täter.** Es war grotesk. Als wir zum Staatsgerichtshof gehen mussten, wurde uns befohlen zu schweigen. Immerhin boten sie uns an, wegen der Lebensgefahr unsere Identität zu ändern. »Sei und bleib in meinen Gedanken, mein Gott. Sei und bleib in meinen Gedanken«, flehte ich im Lastwagen. **»Hilf mir, bei Verstand zu bleiben.«** Ich begann mich seltsam zu verhalten. Meine Hände wurden taub und meine Beine begannen zu zucken.

Mahmoud, der Fahrer, hielt an. »Wir müssen sofort ins Krankenhaus. Sein Zustand hat sich verschlechtert«, rief er dem General aus dem Fenster zu.

Der General hielt vor einer psychiatrischen Klinik. Vielleicht wäre das der beste Ort für mich. Aber ich konnte den Lastwagen nicht verlassen, alles tat weh, sogar meine Zunge. Meine Finger waren steif. **Der General blieb bei mir, als ich auf der Bahre hineingebracht wurde.** Er sprach leise mit dem Chefarzt des Krankenhauses, aber ich wusste nicht, worüber sie sprachen. Der General wollte, dass er meine Behandlung allein durchführte, dass sie etwas anderes in meinen Bericht schrieben, was nicht der Wahrheit meines Krankheitsbildes entsprach.

Tatsächlich hatte sich während meines Krankenhausaufenthaltes nur der Chefarzt um mich gekümmert. Natürlich wurde ich auch nur von zwei Krankenschwestern betreut, das war etwas anderes, aber außer dem Chefarzt hatte ich keinen anderen Arzt gesehen. **Nachdem sie meine Wunden versorgt hatten, war mein Körper voller Verbände.** Meine Handgelenke und Füße waren von den Fesseln schwer vernarbt. Die Kugel, die meinen Kopf streifte, hinterließ eine sehr tiefe Wunde.

Ich wurde von Kopf bis Fuß untersucht. **Der General sagte, dass er für alle Kosten aufkommen würde, dass alle Untersuchungen bis zu meiner Abreise abgeschlossen sein würden.** Ich glaubte dem General, dessen Namen ich nicht kannte.

Die Anonymität im Krankenhaus gab mir zusätzliche Sicherheit. Natürlich wachte ich nachts schreiend auf. Albtraumnächte! **Dann konnte ich lange nicht zu mir kommen.** Die Tabletten haben mich beruhigt. Ich wusste noch nicht, ob es gut war, beruhigt zu sein, aber ich konnte sagen, dass es im Moment die beste Behandlung war.

Schmerz; Reift es den Menschen?

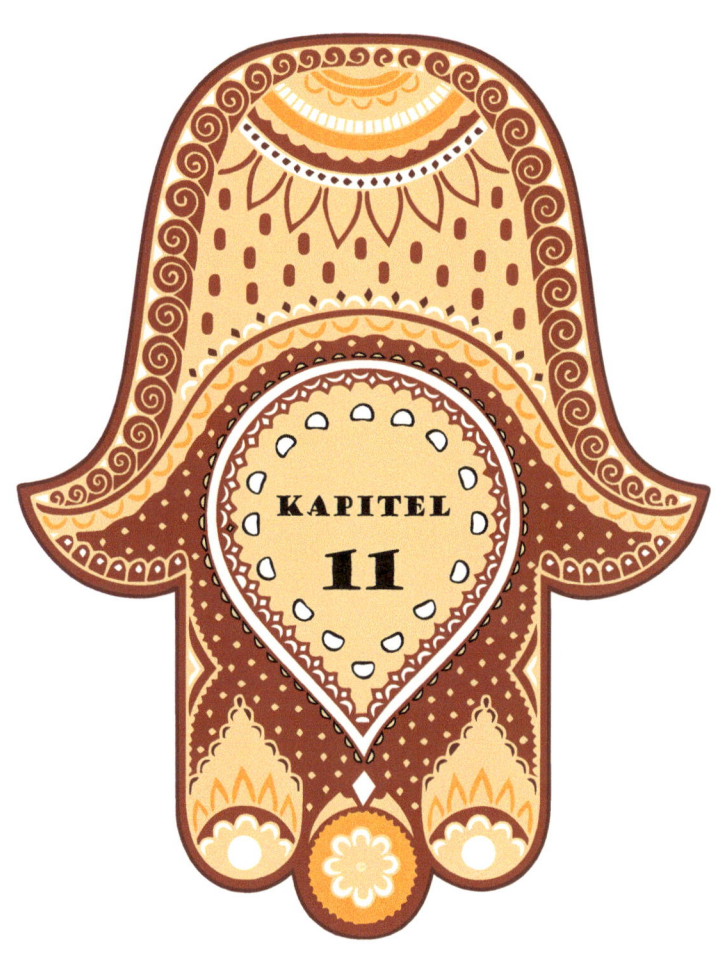

KAPITEL

11

Wochenlang blieb ich in der Nervenklinik. Ein unerbittlicher Schmerz breitete sich in mir aus. Ich war nicht mehr der Maarouf, der ich vorher war. Panikattacken wüteten in mir und ich mochte keine geschlossenen Räume mehr. **Ich bekam ein Privatzimmer im Krankenhaus, damit ich meine Behandlung in Ruhe fortsetzen konnte.** Sie brachten mich aus dem Zimmer, in dem ich zuerst gelegen hatte, weil es mir unangenehm war, mit einem Fremden in einem Zimmer zu liegen. **Auch für ihn, denn er war meinen nächtlichen Panikattacken und Albträumen ausgesetzt.** Ich konnte mich niemandem mehr nahe fühlen.

Es tat mir gut, Abstand zu halten. Mit der Zeit erkannten sie das und brachten mich in diesen besonderen Raum. **Diese Verräter hatten 67 meiner Soldaten vor meinen Augen ermordet.** Das war erschreckend für sie. Ich dachte *immer an meine Familie.* Zum Glück bekam der General einen Anruf. Sowohl für meiner Familie als auch für mich, damit wir in Kontakt bleiben. Am Anfang haben wir mindestens drei bis fünf Mal am Tag miteinander gesprochen. Manchmal war das nicht möglich, weil ich wieder ein Beruhigungsmittel genommen, mich hingelegt und geschlafen hatte. **Die Narben am ganzen Körper waren Narben fürs Leben.**

Jeden Tag bis an mein Lebensende werden sie mich an das Erlebte erinnern. Jeden Tag, wenn ich sie sah. Wenn ich sie nur vergessen und mein Leben so weiterführen könnte, wie es vorher war, würde ich alles geben. *Was, wenn plötzlich jemand die Narben sehen und fragen würde?* Mit anderen Worten, ich würde nie abschließen können, bis ich diese Welt verließ. Es ging nicht nur darum, den Wohnort zu wechseln, es würde mich immer verfolgen. Es würde immer bei mir sein!

Vielleicht war es noch zu frisch, dachte ich. ***Vielleicht würde ich mit der Zeit darüber hinwegkommen und stärker werden.*** Es tat mir so leid, dass dieser Vorfall auf meine Familie übergegriffen hatte. Zum Glück haben die Kugeln der Angreifer niemanden getroffen. Zum Glück zielten sie mit ihren Waffen auf die Mauer, sie durchlöcherten nur die Wände und die Fassade des Hauses. Niemand aus meiner Familie hat je wieder einen Fuß in unser Haus gesetzt, wie es der General empfohlen hatte.

Aber warum waren wir vor diesen Banditen geflohen? Warum hatten unsere Militärs zu diesem Vorfall geschwiegen? Wie konnten unsere Polizisten den Vorfall ignorieren und einfach weggehen, als wäre nichts passiert? Diese fraglichen Gedanken saßen tief und verfolgte mich bis in meine Träume. Es war zu meinem Albtraum geworden und ich war in einer endlosen Schleife gefangen.

Seit Wochen lag ich in diesem Raum und spürte keine Besserung. Meine Wunden wurden von Tag zu Tag schlimmer. **Die offenen, tiefen Wunden schlossen sich langsam.** Aber es war klar, dass sie einen sehr schlechten Eindruck hinterlassen würden. Es sah aus, als hätte man mich mit einem scharfen Messer in zwei Hälften geschnitten. Die Behandlungen wurde ohne Betäubung durchgeführt. Welch ein Wunder, unser Herr hat uns geschaffen. Unser Körper heilt sich selbst.

Ich wusste nicht, wann ich entlassen werden würde. Nachts, während meines Albtraums, rannte ich schreiend den Krankenhausflur entlang. Obwohl ich mich an viele meiner Albträume erinnerte, war ich verwirrt, als man mich später beruhigen wollte. Alle starrten mich an, als wollten sie sagen: »Was ist denn jetzt schon wieder los?«

Für eine Entlassung war es noch zu früh. Ich sollte noch eine Weile bei ihnen bleiben. Auch in meinem Zimmer war eine Kamera installiert. **Tagsüber und nachts beobachteten sie mich.** So konnten sie sicher sein, dass ich gut geschützt war. Manchmal musste ich die Kamera wegdrehen, um nicht beobachtet zu werden. Aber manchmal war ich auch froh, dass sie an war. Die Schwestern waren auch überrascht, wenn ich nachts schreiend aufwachte. **Ich hätte stark sein sollen, das hatte ich immer wieder gehört.** Aber ich war zu schwach. Meine Haut schloss sich und bedeckte fast meine offenen Wunden, die bis auf die Knochen reichten. **Selbst das Essen musste ich wieder lernen.** Ich war in einem so schlechten Zustand.

Ich war sehr neugierig auf meine beiden anderen überlebenden Soldatenbrüder. *Wo würde ich sie finden? Wohin hatten die Verräter den anderen Geländewagen mit meinen Kameraden gefahren und sie weggebracht? Immer wieder fragte ich mich: »Haben sie dasselbe erlebt wie ich, nachdem wir getrennt wurden?«* **War es so?** Ich wünschte mir, wir drei könnten eins sein und einen gemeinsamen Weg finden. *Hätte ich den General gefragt, hätte er mir geholfen, die zu finden?* Er kam einmal in der Woche. Er blieb nicht lange, aber er kam. Das hat mir viel bedeutet.

Mein Vater verlor seine Arbeit, als er emigrieren musste. Aber weil er seine Arbeit verloren hatte, wegen dieser Umstände, konnte er früher in Rente gehen. Der General wollte mit meinem Vater darüber sprechen. So musste ich mir keine Sorgen machen. *War der General so einflussreich, dass er Vaters Pensionierung in die Wege leiten konnte? War er so mächtig?* Nun, ich hatte es mit eigenen Augen gesehen. Als wir uns das erste Mal trafen, hatte ich das Gefühl, dass eine ganze

Armee auf mich zukam. So viele Menschen standen um ihn herum. Einer öffnete die Tür zu seinem Zimmer, als wäre er sein Leibdiener. Nachdem er mir seine Hilfe angeboten hatte, gingen wir hinaus. Dort stand ein schwarzes Auto, dessen Tür von einem Chauffeur im Smoking geöffnet wurde. Ohne sich umzudrehen, ohne ein Wort zu sagen, hob er einen Arm leicht in die Luft, und die Armee, die ihm folgte, hielt sofort an. **Sie gehorchte auf sein Handzeichen.** Manchmal bedarf es keiner Worte.

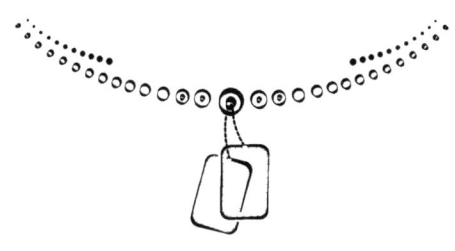

Der schlimmste Abschied ist,
wenn man einen Menschen zum letzten Mal sieht
und das nicht weiß.

maarouf

KAPITEL

12

Insgesamt war ich fünf Monate und achtzehn Tage im Krankenhaus. Meine Albträume waren noch nicht verschwunden, aber sie waren zumindest weniger geworden. Als ich entlassen wurde, gab man mir meine tägliche Medikamentenliste. Ich bekam ein Touristenvisum und flog zu meinem Onkel nach Frankreich. Obwohl ich verletzt war, war ich es, der sein Land verlassen musste. *War ich der Verräter?* Ich verstand das wirklich nicht. *Warum wurde ich so behandelt? Als hätte ich mein Land verraten!* **Gott bewahre!** Den Verräter jagten sie aus dem Land und überwältigten ihn, wenn es sein musste, aber nicht den Vaterlandstreuen. Ich liebte mein Land und mein Volk. **Aber sie hatten mich aus der Heimat vertrieben.**

Nein, ich war nicht mehr der alte Maarouf. In mir herrschte eine ständige Unruhe, ich konnte nicht mehr wie früher auf meinem Platz sitzen und mit jemandem plaudern. Früher hatte ich es geliebt, lange Gespräche zu führen. **Jetzt waren mir schon zwei Sätze zu viel.** Außerhalb meiner Arbeitszeit hatte ich das sehr genossen, jetzt blieb ich lieber in meinen vier Wänden. Früher hatte ich es geliebt, zu Hause zu sein, mich auszuruhen, Essen zuzubereiten oder zu handwerklichen Tätigkeiten zu verleiten. Jetzt rechnete ich die Minuten aus, wie wenig Zeit ich damit verbringen musste. Auf jeden Fall musste ich etwas finden, womit ich mich beschäftigen konnte.

Ich war penibel, mein Haushalt war immer sauber, denn ich mochte Sauberkeit. Sogar bei meiner Kleidung war ich wählerisch. Das war vorher so und blieb auch nachher so. Aber wenn es darum ging, mich zu Hause zu beschäftigen, hatte ich mich sehr verändert. Alles musste schnell gehen. Mit der Zeit wurde ich sehr impulsiv.

Zwei Nächte habe ich bei meiner Familie verbracht. **Sie waren auch besorgt über meine Veränderung.** Ich hatte ihnen noch nicht alles erzählt, damit sie sich nicht noch mehr aufregen. Die meisten wussten noch nicht, was passiert war. Denn ich wollte nicht, dass sie sich Sorgen machen.

Als ich nach Frankreich kam, bekam ich den Schock meines Lebens. *Was war das für eine Freiheit?* Schon am Flughafen begann ich mich zu wundern. Männer schienen Frauen zu sein, Frauen schienen Männer zu sein. Hier trugen die Männer keine langen weißen Gewänder und die Frauen keine Burkas. Das war natürlich Europa. So war es hier. **Da ich in einem anderen Land lebte, war ich natürlich überrascht.** Meine Überraschung diente natürlich nicht als Kritik. Es waren meine ersten Erfahrungen und ich hatte nichts verurteilt oder schlecht gemacht. Ich war nur überrascht! Natürlich musste ich mich erst an das Leben in Europa gewöhnen.

Ich hätte meinen Schmerz dort lassen sollen. Dieses Land und meine Heimat waren nicht zu vergleichen. Beide Länder hatten gute und schlechte Seiten.

Wir kamen bei meinem Onkel an. Er wohnte in einer Wohnung in einem Mehrfamilienhaus. Als wir die Stufen zu seiner Wohnung hinaufstiegen, **zeigte er mir im Treppengeländer das zusätzliche Zimmer, das zu seiner Wohnung gehörte.** Für seinen Sohn hatten sie bei der Anmietung der Wohnung dieses leere Zimmer mit angemietet. Es diente seit Jahren als Abstellraum, in dem sich eine Schlafcouch, ein Stuhl und ein Wasserhahn befanden. Meine Schwägerin hatte mein Kopfkissen und meine Steppdecke frisch bezogen und vorbereitet. **Vom ersten Tag an war mir klar, dass ich nicht lange bleiben konnte.** Nur wenn ich zum Essen eingeladen war, ging ich zu ihnen in die Wohnung. Ich konnte definitiv nicht immer da sein. Als jemand, der immer seinen eigenen Lebensunterhalt verdient hat und seit seiner Kindheit für seine Familie gesorgt hat, konnte ich so nicht leben. Ich hatte vorher überlebt und würde es jetzt auch überleben.

Kaum angekommen, unterhielten wir uns über das Wetter. **Ernsthafte Dinge wurden nicht besprochen.** Eine Sicht auf das Leben in Algerien gab es hier nicht. Bei meinen Cousins war das anders. Ich erzählte von unserer Kultur. **Natürlich hielten sie an ihr fest, aber es war ihnen nicht möglich, sie an einem Ort wie Europa zu leben.** Sie schienen sie nur im Haus zu leben. **Natürlich war jeder Mensch frei in seinen Entscheidungen, in seinem Leben, in seinen Ideen, in seinem Denken, in seiner Sprache.** Das sollte immer respektiert werden.

Jeder ist frei und soll es auch bleiben.

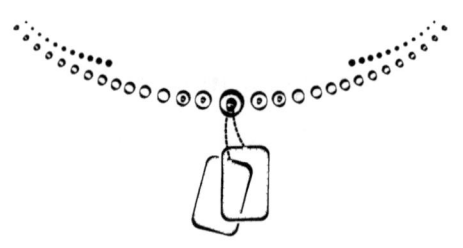

Manchmal realisiert man gar nicht, was man alles ertragen und über sich ergehen lassen hat, bis man es endlich einer geliebten Person erzählt.

KAPITEL

13

Einige Tage waren vergangen. Mein Körper und meine Seele waren sehr müde von dem, was geschehen war. **Deshalb hatte ich versucht, mich auszuruhen.** Aber je mehr ich mich ausruhte, desto müder wurde ich. Denn ich ließ in meinem Kopf noch einmal Revue passieren, was in den letzten Tagen geschehen war. Nichts davon war einfach. Ich bin nach Frankreich geführt worden und habe meine Familie in meinem Land zurückgelassen. Für sie musste ich wieder existieren, für sie musste ich stark werden.

Der General hatte den Rentenantrag meines Vaters persönlich abgegeben, um das Verfahren zu beschleunigen. **Sonst wäre die Pensionszusage meines Vaters nie gekommen.** Er war schon sehr alt, seine Haare waren grau. Einerseits war das gut, ich freute mich darüber. Aber ich wusste, dass die Rente für meine Familie nicht reichen würde.

Für meine beiden Schwestern, die noch zur Schule gingen, musste der Schulbesuch bezahlt werden. **Sie sollten gebildet sein und es so hoch wie möglich schaffen.** Mein jüngerer Bruder war nicht so wie ich. Im Gegenteil, wenn er keine Arbeit hatte, lief er niemandem hinterher. **Er musste ihm in den Schoß fallen.** Es war ihm egal, aber alles musste geregelt werden. **Eines Tages erhielt ich die traurige Nachricht, dass mein älterer Bruder nach einem schweren Unfall beim Militär ans Bett gefesselt war.** Er war nicht lebensgefährlich verletzt, aber die Situation war nicht ermutigend. Er wurde ins Krankenhaus eingeliefert. Das war die letzte Nachricht, die ich erhielt. Tausend und eine Frage gingen mir durch den Kopf, denn ich fragte mich, *was an diesem Unfall wahr war. War es ein bewusster oder ein unbewusster Unfall?* Ich führte diesen Vorfall auf meine eigenen Erfahrungen zurück! Ich fragte mich, ob er *ein ähnliches Schicksal hatte wie ich.*

Auch von meiner Schwester gab es keine guten Nachrichten. Wie schon erwähnt, war sie verheiratet und hatte vor kurzem eine Tochter bekommen. Ihr Name war Djamila. Der Mann meiner Schwester kam nicht mehr wie gewohnt nach Hause. Meine Schwester hatte gehört, dass es eine andere Frau in seinem Leben gab, mit der er jetzt zusammen sei. Wenn er nach Hause kam, sagte er hässliche und verletzende Worte: **»Ist das mein Kind, das du geboren hast?«** Es war ein Geschenk Gottes und er sollte es schätzen. *Was war das Reich des Kummers?* In unserer Familie gab es kein solches Denken und keine solche Regel. In unserer Tradition waren wir nicht mit drei oder vier Frauen verheiratet. Wie es normalerweise verbreitet wird und in den meisten europäern im Munde schwinkt. Wir gehörten also nicht zu denen, die zu unserem Ehepartner noch eine weitere Frau nahmen. Natürlich gab es Meinungsverschiedenheiten im Leben und Konflikte, wir erkennen, dass die falsche Entscheidung in der Ehe getroffen wurde. Aber wir würden es nicht auf diese Weise lösen, sondern mit der Entscheidung, die durch eine Klage vor Gericht getroffen wurde. **Nach der Trennung kann man dann machen, was man will.** Tatsächlich gehörten wir nicht zu den Familien, die so handelten. Wir versuchten, einen Mittelweg zu finden, das Richtige zu tun und zu versuchen, so zu leben. **Sowohl Frauen als auch Männer hatten etwas zu sagen.** Beide Geschlechter hatten etwas zu sagen.

Ohne zu warten, nahm meine Schwester ihre Tochter und kehrte zu meinen Eltern zurück. **Es war Gott, der uns das Essen gab.** So glaubten wir. **Trotz der Armut gab es Überfluss, solange man teilen wollte.** Wir gehörten nicht zu denen, die das Essen auf die Straße warfen, ohne daran zu denken, wie viele Menschen damit auskommen mussten. Wir schätzten das Essen! Als ich von meiner Schwester erzählte, erzählte ich auch von unserer Familienvision.

Ich musste so schnell wie möglich wieder aufstehen und mit meinen eigenen Händen Brot verdienen. Unsere Familie war um zwei Personen gewachsen, nachdem meine Schwester mit ihrem Baby nach Hause gekommen war. Sie brauchten Geld zum Leben. Mein Bruder versuchte auch, mich zu unterstützen, aber mit Gelegenheitsjobs. Es gab das Heute, es gab kein Morgen. Es gab schon einen Mangel an Arbeitsplätzen. Natürlich waren wir auch gezwungen, die Städte zu wechseln, und es dauerte eine Weile, bis wir uns daran gewöhnt hatten. **Auch ich wurde aus meiner Heimat vertrieben.** Aber auch daran musste ich mich gewöhnen. Es hatte keinen Sinn, sich hinzusetzen und traurig zu sein, so konnte man nicht leben.

Französisch habe ich bis zur fünften Klasse gelernt. Auch in Algerien haben wir Französisch gesprochen. **Meine Familie und ich gehören zu denen, die fließend Französisch sprechen.** Später, als ich nach Europa kam, habe ich mehr gelernt. In der fünften Klasse war ich ein Kind, das noch nicht im europäischen Schulsystem war. Da musste man schon bis zur zehnten, elften oder dreizehnten Klasse gelernt haben. Das war natürlich nicht vergleichbar. Die fünfte Klasse in meinem Heimatland sollte hier als zehnte Klasse angesehen werden. **Bei uns wurden die Klassen in Halbjahren gezählt und nicht in ganzen Jahren.** Das heißt, ein halbes Jahr galt als ein ganzes Schuljahr und die andere Hälfte als ein zweites Jahr. Die Grundschule endete also mit der zweiten Klasse, weil vier Schuljahre abgeschlossen waren. Wer über die fünfte Klasse hinaus lernen wollte, musste in größere Städte ziehen. Das konnten sich nur Kinder aus wohlhabenden Familien leisten. Bis dahin hatte ich mich so gut um meine Familie gekümmert.

Nachmittags holte ich mir einen Espresso und ein Croissant. Auch der Kaffee schmeckte hier anders. Wir liebten unseren

Espresso und tranken viel davon. **Bei uns war es nicht nach zwei Schlucken vorbei, wir haben ihn genüsslich verdaut.** Mein Onkel wohnte in Paris, in der Nähe des Eiffelturms. Die Leute sahen aus wie aus einem Film, viele wollten aus heiterem Himmel reden. Es war ein anderes Leben, und dieses andere Leben wartete auf mich. Hier waren viel zu viele Touristen. **Wenn ich Land und Leute kennen lernen wollte, wäre es falsch, von meinem Platz aus zuzuschauen.** Es war schwierig, die Einheimischen von den Reisenden zu unterscheiden, denn die Einheimischen unterschieden sich nicht von den Touristen. Hier, wo mein Onkel wohnte, war es schön. Hier konnte ich Zuschauer sein! Ich konnte mich und das Publikum beobachten. **Nicht im unangenehmen Sinne, denn ich sprach über Familienstrukturen, Alltagsleben, Geschmäcker und allgemeine Eigenschaften.** Natürlich lebten in Frankreich nicht nur Franzosen. Es gab Menschen aus aller Welt. Jeder war mir wichtig. Zum Glück war ich nicht nur auf der Suche nach einem Platz zum Sitzen und Genießen, sondern auch nach einer Arbeit. Also fragte ich bei jedem Bäcker, in jeder Konditorei, in jeder Mühle und bei jedem Marktverkäufer, an dem ich vorbeikam, nach Arbeit. Ich ging überall hin und kehrte nicht arbeitslos nach Hause zurück. **Meine neue Arbeit sollte in der Produktion einer Konditorei sein.** Ich war glücklich! Meine Hände würden wieder Brot verdienen, so dass ich für mich und meine Familie sorgen konnte.

Der General hatte mir für die ersten Monate etwas Geld in einen Umschlag gesteckt, damit ich keine Schwierigkeiten bekam. »Da ist viel Geld drin«, sagte er. Natürlich glaubte ich ihm. Aber als ich nachsah, waren es umgerechnet keine hundert Euro. Lass es, sagte ich mir. Es war besser als nichts. **Eigentlich hatte er mich betrogen, mich angelogen.** Aber jetzt, wo ich hier war, musste ich mich auf den Tag konzentrieren, an dem ich anfangen würde zu arbeiten, und nicht auf das, was vor sich ging.

Außerdem müsste ich mich auf ein zweites Treffen mit dem General vorbereiten.

Nachts wachte ich immer noch mit Albträumen auf. **Ich schloss meine Tür ab, denn ich wollte nicht wie damals im Krankenhaus durch die Gänge geistern.** Meine Schwägerin würde das bestimmt nicht dulden. Ich hatte schon früh gemerkt, dass sie so war. Die Leute dachten schlecht über mich. Eigentlich musste ich sofort zum Arzt. Aber ich brauchte Geld, um zum Arzt gehen zu können. Eigentlich hatte mich der General irgendwie leiden lassen.

Das wahre Gesicht und die Art einer Person zeigt sich niemals am Anfang.

KAPITEL

14

Seit vier Monaten pendelte ich nun zu meiner Arbeit und gewöhnte mich daran. Da wir nicht jeden Tag den gleichen Kuchen backten, hatte ich mich noch nicht ganz an das System gewöhnt. Aber ich kam und ging pünktlich. Das Gehalt wurde hier monatlich ausgezahlt. In Algerien bekam niemand ein monatliches Gehalt, außer in den Gemeinde- und Regierungsämtern, die täglich oder wöchentlich bezahlt wurden. Als ich deshalb einmal fragte, ob die Konditorei zur Gemeinde gehöre, lachte mein Chef! »Nein, in Frankreich werden die Gehälter monatlich ausgezahlt«, erklärte er. **So brachte er mir nicht nur mein Handwerk bei, sondern erklärte mir auch Frankreich und seine Regeln.** Ich war sehr zufrieden mit meiner Arbeit und meinem Arbeitgeber. Wir arbeiteten gut zusammen. Er sagte: »Sie müssen auch etwas Geld für sich selbst verdienen«, und dann steckte er mir Geld in die Tasche. Er wusste, dass ich meiner Familie regelmäßig Geld schickte. Deshalb schätzte er mich sehr. Was er für mich getan hat, habe ich ihm hoch angerechnet. Er war ein tapferer und mutiger Mann.

Seit meiner Ankunft rümpfte meine Schwägerin die Nase. **Obwohl ich meine Miete und das Essen, das sie kochte, bezahlte.** Nun, ich war nicht freiwillig gekommen. Mir war klar, dass es so nicht weitergehen konnte. In dem Moment, als ich die Wohnung betrat, noch bevor ich das Gesicht meiner Schwägerin sah, hörte ich sie streiten. Sie war ein guter

Mensch und sehr gastfreundlich. **Aber was sie zu meinem Onkel sagte, ließ mich an ihrer Menschlichkeit zweifeln.** Ich wollte nichts von ihrem Streit und ihrem Privatleben hören. Obwohl ich mir die Ohren zuhielt, drangen ihre Stimmen immer wieder in mein Zimmer. Also beschloss ich, sie einzuladen, wir gingen in ein Restaurant und ich begann zu reden: **»Ich bin nie jemandem zur Last gefallen. So habe ich mich nie gesehen!«**

Mein Onkel selbst hatte mich damals mit den Worten eingeladen: »Am Ende deines Militärdienstes nehme ich dich mit nach Frankreich, wir machen eine Tour. Du hast immer gearbeitet und dich um die Familie gekümmert. Deine Mutter ist meine Schwester. Ihre Kinder sind meine Neffen und Nichten. Dein Vater ist mein Onkel und deine Oma meine Mutter. Du hast von klein auf deinen Beitrag geleistet und sie haben davon profitiert. Ich werde dich nicht im Stich lassen«.

»Als ich nach meinem schrecklichen Ereignis gefragt wurde, was mir passiert war, fragte mich der General: »Haben Sie Verwandte im Ausland?« Ich antwortete auf deine Einladung, Onkel: »Ich habe einen Onkel in Frankreich.« Erst nach deiner Zustimmung kam ich hierher. Nichts wurde erzwungen. **Es hat sich so ergeben**«, sagte ich zu meinem Onkel und meiner Schwägerin.

Im Stockwerk über meinem Arbeitsplatz **hatte mein Chef eine kleine Wohnung**, die frei war. Als ich davon erfuhr, beschloss ich, dort einzuziehen. »Wir sind hier, um gemeinsam zu essen, weil ich euch beiden danken möchte. Ich gehe mit euch zurück und hole meine Sachen aus dem Zimmer. Nach der Reinigung gebe ich euch die Schlüssel und ziehe in meine eigene Wohnung«, verriet ich ihnen. Tatsächlich kamen von ihnen Sätze wie: »Warum? Warum, nein, geh nicht! Bleib bei uns, du bist doch neu hier in Frankreich!« **Aber ihre Worte kamen zu spät.** Sie waren nutzlos. Ich hatte mich entschieden, ich hatte kein Problem damit.

Wir aßen zusammen zu Abend und gingen dann zurück. Wie versprochen räumte ich das Zimmer auf, gab die Schlüssel ab und ging. Endlich war ich in meinen eigenen vier Wänden. Die Küche war mit dem Zimmer verbunden, in dem ich schlafen wollte. Es diente mir als Schlaf- und Wohnzimmer und hatte ein Waschbecken. Es war winzig mit seinen fünfundzwanzig Quadratmetern. Aber ich war zufrieden. **Die Miete war die gleiche wie für das fünf Quadratmeter größere Zimmer bei meinem Onkel.** Ein weiterer Vorteil war, dass ich nicht zwei Stunden hin und zwei Stunden zurück zur Arbeit laufen musste. Wenn ich die Treppe runterging, war ich sofort bei der Arbeit. **Zum Glück hatte mein Arbeitgeber gut nachgedacht.** Das war ein großer Trost für mich. Ich konnte ihm gar nicht genug danken.

In Algerien war mein Tag mit Arbeit ausgefüllt. Hier hatten die Konditoreien feste Arbeitszeiten. Sie öffneten pünktlich und machten pünktlich zu. **In den Großstädten war das natürlich anders, ich meinte die Kleinstädte.** Aber vergessen wir nicht die Zeit dazwischen, die Zeit der Vorbereitungen. Es gab viele Momente, in denen wir der Zeit hinterherliefen, um die Aufträge zu erledigen. **Aber das System hier gefiel mir besser.** Mein Chef und ich sind uns immer nähergekommen. Mit der Zeit war er für mich wie ein Vater. Er war ein guter Mensch.

Vor kurzem fing ich an, auszugehen und Freunde zu finden. Es stellte sich heraus, dass es in einem fremden Land Menschen gab, die dieselbe Sprache sprachen wie ich. Es war, als hätten sie mir meine Heimat zurückgegeben, als hätte ich mein Land wiedergefunden. Ich war so glücklich! In Frankreich gab es viele Algerier, die meine Sprache sprachen. **In dem Viertel, in dem ich lebte und arbeitete, wohnten hauptsächlich Franzosen.** Es gab aber auch Menschen aus anderen Ländern. Es stellte sich heraus, dass es viele Straßen gab, die ich nicht kannte. Restaurants, die unsere kulturellen Gerichte servierten, Cafés, die von Menschen geführt wurden, die meine Muttersprache sprachen. Das hat mich sehr gefreut. **Ich fühlte mich, als wäre ich zu Hause bei meiner Mutter, die für mich kochte.** Wie ich sie vermisste! Natürlich konnte ich selbst kochen, aber es war etwas anderes. Ich bevorzuge im Allgemeinen hausgemachte Mahlzeiten.

Sechs Jahre lang arbeitete ich mit diesem Mann zusammen, der für mich wie ein Vater war. Dann erlitt er einen Herzinfarkt und kam ins Krankenhaus. Seine Frau war vom ersten Tag an unzufrieden mit mir. Obwohl sie nicht in der Konditorei arbeitete. In ihrer sozialen Stellung brauchte sie nicht zu arbeiten. **Jedes Mal, wenn sie kam, fauchte sie mich an.** Mein Chef verteidigte mich: »Maarouf ist kein Kellner, bitte sag den Kellnern, was du möchtest!« Oder er erwiderte: »Maarouf ist nicht dein persönlicher Angestellter, er ist der Konditor, der diese Kuchen und Torten backt. Bitte respektiere das endlich!« Manchmal verärgerte sie sogar meinen Chef. In der Mittagspause konnte ich nicht nach Hause gehen, weil es zu viele Bestellungen gab. Deshalb bat ich um eine fünfminütige Kaffeepause im Café. Anstatt nach Hause zu gehen, wollte ich lieber die Bestellungen pünktlich fertig stellen. Während dieser Zeit kam seine Frau zu mir, runzelte die Stirn und sagte in einem sehr unhöflichen, verletzenden und verärgerten Ton: **»Was sitzt du da? Arbeite, du schmutziger Muslim!«** Daraufhin verbot er ihr, hierher ins Café zu kommen. Ich wollte nicht für ihre Ehekrise verantwortlich sein und bot ihm an, mir einen anderen Job zu suchen. Das wollte mein Chef nicht hören.

Es dauerte nicht lange, **bis die Nachricht vom Tod meines Chefs eintraf.** Wieder brach eine Welt für mich zusammen. Seine Frau nutzte die Situation, um mich noch vor der

Beerdigung aus dem Haus zu werfen. **So landete ich auf der Straße.** Zu meinem Onkel konnte ich nicht mehr zurück. Obwohl ich sehr gute Freundschaften geschlossen hatte - die meisten Leute kamen aus meiner Heimatstadt - wollte ich sie auch nicht belasten. Wir wohnten im selben Viertel, und ich hatte Landsleute, mit denen wir brüderlich zusammenlebten. Wir waren wie eine Familie. Sie konnten zu meinem zuhause gehen und ich zu ihrem. Auch wenn wir ehrlich waren, wollte ich nicht zu ihnen gehen und zu so später Stunde an ihre Tür klopfen. Also habe ich tagelang draußen geschlafen. **Leider konnte ich nicht alle Sachen mitnehmen, die ich gerade für meine Wohnung gekauft hatte.** Ein neues Leben erwartete mich. Daran hatte ich mich gewöhnt. Natürlich war es schwer, ich habe nicht gesagt, dass es leicht war.

In Frankreich gab es viel Arbeit. **Also habe ich mich beworben und so mein Tagegeld bekommen.** Tagelang habe ich draußen geschlafen. *Hatte ich Angst?* Natürlich hatte ich Angst vor Dieben und Überfällen. Wenn ich auf der Bank schlief, nahm ich meine Mütze vom Kopf und bedeckte mein Gesicht. In der Nacht fiel sie zu Boden und als ich wach wurde, war der Inhalt mit Geld gefüllt. **Jemand ging an mir vorbei und warf Geld hinein.** So wurde ich darauf aufmerksam. Hey, ich war kein Bettler. Ich hatte nur keinen Platz zum Schlafen! Ich war nie ein Bettler, möge Gott es nicht zulassen. Aber ich habe immer gesagt, dass Gott das Essen gibt. Ich war ein Ernährer, kein Bettler. **Ich möchte jedem Einzelnen für jeden Cent danken, den ich bekommen habe.** Denken Sie daran, dass jeder Cent, den Sie geben, als 1000 Euro durch eine andere Tür zu Ihnen zurückkommt! Vielleicht hat dir jemand anderes geholfen, statt dass es von der gleichen Quelle zu dir zurückkam. Das war das Wunder Gottes!

Genau fünf Tage Verdienst waren in dieser Mütze. **Sie werden es mir nicht glauben, aber am fünften Tag fand ich eine Arbeit in einer Konditorei und eine 1-Zimmer-Mietwohnung, die mich umhaute.** Die Wohnung war immer noch im selben Viertel. Ich hatte viele Jahre hier gelebt und kannte viele Algerier. Mit einigen, wenn nicht mit allen, waren wir befreundet. Mit ihnen habe ich meine besten Jahre verbracht. Es waren alles anständige Jungs, die mit ihren Familien zusammenlebten und mich wie die meisten ihrer Kinder, Brüder, Onkel und Geschwister umarmten und aufnahmen. Ich mochte die kleinen Kinder sehr, sie vertrauten mir sogar ihre Kinder an. **Wir waren eine große Familie geworden.** Eigentlich konnte ich zu jedem von ihnen gehen, anstatt draußen zu schlafen. Später haben sie mich oft gefragt: **»Warum bist du nicht zu uns gekommen?«** Sie waren wütend auf mich, aber ich war kein Unterschichtler, das war ich nie. **Ich war ein Ernährer, kein Bettler oder jemand, der an fremden Türen lehnte, auch wenn es Leute gab, die ich als Familie betrachtete.**

Natürlich musste ich wieder ganz von vorne anfangen, genau wie vorher. **Schließlich bekam ich einen Job in einer Konditorei.** Die Konditorei war etwas anders, obwohl dort auch Brot, Kuchen, Gebäck und Torten gebacken wurden. Die Konditorei war familiär. Es gab noch vier oder fünf andere Leute, die mit mir arbeiteten und für die Präsentation und den Verkauf zuständig waren. **Ich war ein harter Arbeiter, aber mein Aussehen hatte einige gestört.** Wir erlebten Rassismus in allen Bereichen. Beim Einkaufen, bei der Arbeit, im Park und ... Kurz gesagt, wir erlebten ihn im Geschäfts- und Privatleben, von nah bis fern. Vom ersten Tag an, an dem ich zu arbeiten begann, erlebte ich Rassismus am Arbeitsplatz. **Derjenige, dessen Stimme lauter war, wurde nicht als stark angesehen. Wer die leiseste Stimme hatte, galt nicht als schwach.**

Weiße Milch wurde auch von einer schwarzen Kuh gemolken. Ich stimme dem Zitat zu.

Leben und leben lassen.

147

Loslassen bedeutet,
deinem Herzen die Möglichkeit zu geben,
wieder glücklich sein zu können.
Merk dir das.

KAPITEL

15

Ein halbes Jahr war vergangen. Meine Kollegen hatten mich immer noch nicht akzeptiert, aber mein Arbeitgeber stand hinter mir. **»Das ist meine Firma, nicht die deiner Kollegen. Ich entscheide«,** sagte er. Mit der Zeit würden sich beide Seiten daran gewöhnen, oder wir würden sehen, wie weit es gehen würde.

Die Mieten in Paris waren sehr hoch. Trotzdem hatte ich nicht aufgehört, meiner Familie zu helfen, egal wie es mir ging. Inzwischen hatten meine Schwestern die Pflichtschule abgeschlossen. **Auch das Bildungssystem in meinem Land hatte sich in der letzten Zeit verändert, man hatte das Bildungsniveau angehoben und die Pflichtjahre verlängert.** Die Schüler konnten ihre Bildung nun über einen längeren Zeitraum fortsetzen. Damit war ich sehr zufrieden. Nach den Pflichtjahren entschieden sie sich, auf eigene Faust weiter zu machen, und meine beiden Schwestern wollten unbedingt studieren. **Im Laufe der Jahre habe ich alle Studienkosten für sie übernommen, weil sie sagten, dass sie bis zum Ende der neunten Klasse in der Schulbildung teilhaben wollten.** Die älteste entschloss sich Medizin zu studieren und die jüngere für Journalismus. Das Medizin Studium dauerte im Durchschnitt acht bis neun Jahre. Meine andere Schwester war etwas beunruhigt, denn sie schien die ganze Zeit zu wiederholen! Sie sah nicht aus wie jemand, der schon einmal studiert hatte. Sie war auch nicht begeistert.

150

Etwas lockerer wie die anderen. Die Kleinen waren verwöhnter als die Großen. War das allgemein so, ich wusste es nicht? Ja, sie schien eine gute Ausbildung zu haben, genau wie ihre Schwester. Journalismus sollte ihr Beruf werden. **Sie nahm auch die Herausforderung eines Fremdsprachenstudiums an, ihr Hauptfach war Englisch.** Ich unterstützte sie dabei, damit sie sich beruflich in der ganzen Welt ausbreiten konnte.

Zum ersten Mal seit vielen Jahren telefonierte ich mit dem General. Er sagte, er würde sich um den Verkauf unseres Hauses und unseres Grundstücks kümmern, den wir wegen der Auswanderung und der Änderung unserer Identität vornehmen mussten. Aber ich erfuhr, dass meine Familie seit diesem Tag keinen Cent aus dem Verkauf erhalten hatte. Der Mann, der uns zu helfen schien, hatte unsere Familie fast zerstört und ausgebeutet. **Er hatte uns unserer Identität beraubt, wir hatten ihm geglaubt.** Damals hielten wir es für die richtige Entscheidung, denn er sagte: »Es gibt keinen anderen Weg, als diesen Weg zu wählen, damit ihr euch selbst schützen könnt«. **So kam es, dass ich ohne eigenen Ausweis im Ausland unterwegs war.**

Jedes Mal, wenn ich einen Beamten auf der Straße sah, änderte ich meinen Weg und dachte an meine schlechten Erfahrungen. *Sollte das so sein? War es ein Verbrechen, jetzt in meinem Land zum Militär zu gehen? Hätte sich dann nicht der Staat um mich kümmern müssen?*

Aber ich konnte doch gar nicht mehr in mein Land zurück! Denn ich war heimatlos. Vielleicht hatten wir uns auf die falschen Leute verlassen, vielleicht hatten wir die falschen Leute um Hilfe gebeten. Im militärischen Bereich sollte der Staat sich nicht irren. *Hätten wir direkt zum Obersten Landesgericht gehen sollen, anstatt zum Militär, das sich nicht um seine eigenen Soldaten kümmern konnte?*

War es die richtige Entscheidung?

»Gehen Sie nicht zum Konsulat, wenn Sie aus dem Ausland kommen, um Ihren Pass abzuholen. Diese Banditen werden Sie finden«, hatte der General befohlen. *War es nicht der General, der uns das größte Leid zugefügt hatte?* Vielleicht hätte er uns die Möglichkeit geben sollen, gegen den Mördern zusammenzuarbeiten. Er überzeugte uns, indem er sagte, es gäbe keinen anderen Weg, um in Frieden zu leben. Das war der einzige Weg, und **er hatte unseren guten Willen missbraucht.**

Wegen des Generals konnte ich nicht zur französischen Gemeinde gehen und meine Aufenthaltsgenehmigung beantragen. Wenn ich zur Ausländerbehörde in Frankreich gegangen wäre, wäre man mir über die Registrierung auf die Spur gekommen. **Der General hat uns in jeder Hinsicht geschadet.** Das Leid meiner Familie schmerzte mich mehr

152

als mein eigenes. Sie wurden aus ihrem Haus und von ihren Arbeitsplätzen vertrieben. **Die Pension meines Vaters wurde wegen der vorzeitigen Anmeldung gestrichen.** Diese Situation gefiel mir überhaupt nicht.

Natürlich waren meine Albträume nicht vorbei. Sie verfolgten mich immer noch. **In meinen Träumen wurde ich mit gefesselten Händen ermordet.** Oft wachte ich kämpfend und schreiend in meiner Wohnung auf. Wenn ich aufwachte, überprüfte ich, ob Türen und Fenster verschlossen waren, als wäre ich verrückt. Das Atmen fiel mir schwer, ich konnte mich minutenlang, manchmal stundenlang nicht erholen. Wenn der Durst, den ich in der Wüste erlebt hatte, sich in meine Gedanken schlich, konnte ich nicht zur Besinnung kommen, ohne eine Flasche Wasser zu leeren. Dann spürte ich den Durst wieder. **In diesem Moment trank ich mein Wasser, als könnte es den Durst dieser Tage stillen.** Manchmal war es sehr schwer, manchmal etwas leichter. Manchmal fühlte ich mich sogar beim Einkaufen verfolgt. Verfolgt zu werden bedeutete den Tod! **Als ich Opfer war, wurde ich zum Täter.** Ich hatte keine Angst vor dem Tod. Ich hatte ein Leben, aber Gott nahm es mir, als es an der Zeit war!

In diesen Momenten war ich glücklich, allein zu Hause zu sein, aber manchmal war ich auch traurig. Als Familie hatten wir alle in einer Wohnung gelebt, aber jeder von uns war wie gelähmt von seinem eigenen Schmerz. **Die Menschen, die ich als Freunde betrachtete, glichen den Mangel meiner Familie aus, aber niemand konnte sie ersetzen.** Es füllte mich nicht aus. Ich vermisste meine Mutter, meinen Vater, meine Geschwister.

Wenn ich etwas für mich kaufte, kam ich mit vollen Händen nach Hause. Unsere Esskultur hatten sie mir nie vorenthalten. Kochen hatte ich von meiner Familie gelernt. Kinder habe ich immer geliebt. Wenn ich nicht arbeitete, verbrachte ich meine Zeit mit den Kindern. Jeden Tag kochte ich für sie und gab ihnen so viel zu essen, wie ich konnte. Ich habe sogar Ballspiele mit ihnen gemacht oder Seilspringen. *War es, weil sie unschuldig waren? Oder weil sie den Menschen nicht wehtaten?*

Die Welt sollte also von Kindern regiert werden.

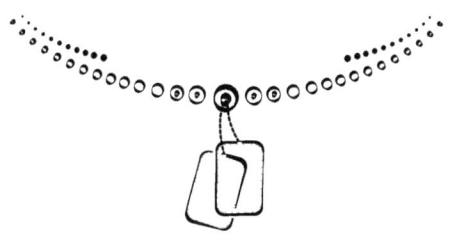

Lebe jetzt!
Manchmal werden „später" und „irgendwann"
zu „Nie".

maarouf

KAPITEL

16

Seit zwei Jahren hatte ich diesen Job. Ich hatte mich an meinen Arbeitsplatz gewöhnt und meine Hand passte sich dem Arbeitsrhythmus an. Auch mein Lohn war ausreichend. Ich lebte seit etwa acht Jahren in Frankreich. Wenn ich tief in mich hineinsah, erhob sich links von mir ein bitterer Schrei, wie der Schrei einer Mutter, die ein Kind zur Welt gebracht hat. Ich vermisste meine Mama sehr, sehnte mich danach, sie zu küssen, ihren Duft zu riechen, einzuatmen. Mütter waren anders. Und mein Vater, ein unschuldiger, kindlicher Mann. Ein liebevoller, mitfühlender, mutiger Vater.

Der General ließ uns leiden, **wir hatten an der falschen Stelle um Hilfe gebeten,** ich hatte mich geirrt. Als ich nach meiner Geiselhaft aus Mali zurückkam, hätte ich direkt zum Gericht gehen sollen. Das Gericht hätte eine Lösung gefunden. Ich hatte gehofft, das Militär und mein Staat würden sich um mich kümmern, aber das war nicht der Fall. **Ich war einer von drei Überlebenden von siebzig Soldaten.** Was mit meinen anderen Kameraden im Geländewagen geschah, wusste ich nicht. Wir wurden gejagt und gefoltert. **Die Rebellen haben unsere Soldaten vor unseren Augen brutal ermordet.** Wir mussten sogar mit ansehen, wie ein Soldat vor unseren Augen bei lebendigem Leib gehäutet wurde. Sie haben uns alle gezwungen zuzusehen. Das sollte uns abschrecken, damit wir nicht den gleichen Fehler begehen wie er. Sein Fehler war, dass er gefesselt und schwer verletzt nicht mehr aufstehen konnte.

Die Arztkosten habe ich aus eigener Tasche bezahlt. **Ich war hier noch nie im Krankenhaus gewesen, aber das hieß nicht, dass ich es nie tun würde.** Vielleicht würde ich es eines Tages brauchen. Ich war entschlossen, zur französischen Ausländerbehörde zu gehen, um mich mit meiner eigenen Identität registrieren zu lassen. **Es gab keine andere Möglichkeit, weil ich mich dort nicht wohl fühlte.** Aber als ich mich anmeldete, fühlte ich mich auch nicht wohl wegen der Worte des Generals. Aber ich glaubte seinen Worten nicht mehr, ich würde das Gegenteil tun. Ja, ich war fest entschlossen, ich werde mir ein paar Stunden bei meinem Arbeitgeber freinehmen und dieses Verfahren in die Wege leiten.

Also ging ich zur Ausländerbehörde, **es gab schon einen Flüchtlingsstrom nach Europa.** Ich bekam eine Aufenthaltsgestattung für sechs Monate auf meinen richtigen Namen. Nach diesen sechs Monaten bekam ich eine Aufenthaltserlaubnis für ein Jahr und eine Ein- und Ausreisegenehmigung. Nun hatte ich eine Identität mit meinem richtigen Namen. **Es wäre nicht richtig, ein Unrecht fortzusetzen.** Das habe ich auch meiner Familie erklärt. »Nein, mein Sohn, nein«, sagte meine Mutter. »Handle nicht so.« Sie dachten immer noch, sie könnten mich so finden. Dann sollen sie mich finden! Denn ich war hier und stand hinter meiner Familie. Als die Ereignisse noch frisch waren, hatten wir die Befehle befolgt. Folge dem General, was er dir sagt, das habe ich immer von meiner Mutter gehört. Sie war sehr besorgt und hatte Angst, dass etwas passieren könnte. Ich war im Ausland. **Mit anderen Worten, diese Ausreise war erzwungen und ich zog einen Schlussstrich unter meine Vergangenheit.** Denn ich wollte endlich mit meinem Leben weitermachen wie ein neugeborener Mensch. Ich würde noch ein paar Monate hier in Frankreich arbeiten, dann würde ich nach Deutschland gehen. Frankreich war für mich kein Land auf Dauer. Ich hatte zwar wunderbare Menschen kennen gelernt, einen wunderbaren Arbeitgeber, der mich gesegnet hatte, aber jetzt war es an der Zeit, eine Grenze zu ziehen.

Ich habe mit meinem Arbeitgeber darüber gesprochen. »In weniger als sechs Monaten werde ich leider kündigen«, teilte ich ihm mit. »Oh, mein Junge«, sagte er, zog mich an sich und umarmte mich. Er liebte mich. Nachdem ich in Frankreich angekommen war, erzählte ich meine Geschichte drei Personen. **Meinem verstorbenen Chef und meinem letzten Arbeitgeber.** Ich wollte kein Mitleid, ich blieb standhaft. Ich wollte auch nicht, dass sie mich lieben, sie liebten mich schon als Person. Ich hatte meine Geschichte nicht einmal meinen neuen Freunden erzählt, die wie eine Familie hier in Frankreich waren.

Die dritte Person war mein Vermieter. Ich begann meinen Koffer zu packen und die Wohnung zu putzen. **Dann verabschiedete ich mich von den Menschen, die seit zehn Jahren meine Familie waren, die mit mir im selben Haus wohnten.** Die meisten Tränen konnte ich nicht zurückhalten. Am liebsten hätte ich mich wie ein Soldat verabschiedet, mit einem schnellen «Auf Wiedersehen». So verabschiedete ich mich an meinem letzten Arbeitstag von meinen Familienangehörigen und Arbeitskollegen. Mein Chef gab mir mein Gehalt und bezahlte mir meine Überstunden. Als ich dem Vermieter die Miete geben wollte, sagte ich ihm, dass ich meine Möbel zurücklassen würde. Daraufhin erließ er mir die letzte Miete und zahlte mir den vereinbarten Restbetrag bar aus.

Meine Fahrkarte nach Köln kaufte ich direkt am Bahnhof in Paris. **Ich war aufgeregt, weil ich zum ersten Mal nach Deutschland fuhr.** Nicht wissend, was mich erwartete ... In der einen Hand meinen Koffer, in der anderen mein Zugticket und meinen Espresso. Aber ich ging nicht mit einer falschen Identität, sondern mit meiner eigenen Identität, meinem Selbstbewusstsein, meiner Abstammung und meiner Herkunft. Um mein eigenes Leben zu gestalten. Um das Leben aufzubauen, das ich mir ausgesucht hatte.

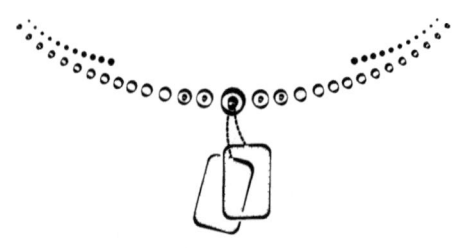

Manchmal finden wir keine Zeit, um glücklich zu sein,

weil wir viel mehr Zeit damit verbringen stark zu sein.

KAPITEL

17

Es war Winter 2015 und es war Januar. Endlich saß ich im Hochgeschwindigkeitszug und meine Reise hatte begonnen. Um ehrlich zu sein, war ich aufgeregt, aber ich hatte keine Zweifel. **Ich fühlte mich gut und krempelte die Ärmel hoch, um ein neues Leben zu beginnen.** Natürlich wusste ich, dass es am Anfang schwer werden würde. Nach einer langen Fahrt kam ich am Kölner Hauptbahnhof an. Mein Ziel war Dortmund. In einem Café holte ich mir erst einmal einen Espresso und schaute mich um. **Ich war überzeugt, die richtigen Entscheidungen getroffen zu haben, um mein Leben zu ordnen.** Als ich eine Gruppe Jugendlicher sah, die Französisch und Arabisch sprachen, kam ich mit ihnen ins Gespräch. Es waren keine Dortmunder Jugendlichen, sondern sie kamen aus meiner Heimatstadt und lebten in einer kleinen Gemeinde. Wenn man die eigenen Leute in einem fremden Land sieht und hört, ist das ein anderes Gefühl. Man wurde sofort akzeptiert. Sie haben dich nicht im Stich gelassen und gesagt: »Da lang, Bruder«. Nein, sie boten mir an, mit ihnen zu kommen, mir zu helfen. Sie boten mir sogar eine Unterkunft an. **So führte mich mein Weg nach Altena in Nordrhein-Westfalen, einer Kleinstadt.** Ich hatte genug von der Großstadt. Ich dachte, in einer Gemeinde ginge es ehrlicher zu.

Zum Glück wurde ich freundlich empfangen. Unsere Gespräche setzten sich auf dem Weg fort. **Dann aßen wir an einem reich gedeckten Tisch.** Ich erklärte, dass ich nicht als Flüchtling gekommen sei, sondern mit einer Aufenthaltsgenehmigung aus Frankreich. Dann habe ich zum Ausdruck gebracht, dass ich mein Leben in Deutschland fortsetzen möchte und dass ich mein Passverfahren hier fortsetzen möchte. Sie haben mir hilfreiche Tipps gegeben, wie ich das bewerkstelligen kann.

Der General hatte mir damals gesagt, ich solle ohne Pass auskommen, sonst würden sie mich finden. In dieser Zeit konnte ich nur zum Arzt gehen, wenn es nötig war, weil ich alle Kosten selbst tragen musste. Aber jetzt hatte ich alles riskiert. **Hier war ich, mit meiner wahren Identität.** Kommt, wenn ihr wollt! Hatte ich Angst? Natürlich hatte ich Angst, aber ich würde endlich mein Leben als ich selbst leben können. Es war mein Recht zu heiraten und ein eigenes Haus zu bauen. Ja, ich war entschlossen zu heiraten. Natürlich war das eine Herzensangelegenheit und hing vom Schicksal ab.

Wenn ich morgens aufwachte, zogen die Berge meine Aufmerksamkeit auf sich. Ich wollte hinausgehen und sie mit eigenen Augen sehen. Mit dem Freund, der mir seine Wohnung und seine Tür öffnete, ging ich in die kleine Stadt. Das hat mir gutgetan. Das Leben in Paris, diese Menschenmassen auf den Straßen, hatte mich müde gemacht. Wir saßen in einem Café.

Nachdem wir unseren Espresso bestellt hatten, wurde unser Tisch immer voller. **So lernte ich fast alle kennen.** Tische und Stühle wurden zusammengeschoben. Alle waren gastfreundlich. Es war noch früh am Tag und so sagte einer zu mir: »Komm, wir gehen zur Ausländerbehörde und lassen dich registrieren. Du hast ja schon eine Aufenthaltserlaubnis von der französischen Einwanderungsbehörde.« Also gingen wir hin und ließen mich registrieren, ich gab meine aktuelle Adresse an. In ein paar Tagen sollte ich Post bekommen. In diesem Brief stand, in welchem Flüchtlingsheim ich wohnen sollte. Mir wurde gesagt, dass ich mit diesem Brief zum Sozialamt gehen sollte und ich sollte nirgendwo anders hingehen als zu dieser Adresse. Schließlich habe ich zugestimmt, es war eine interessante Situation. **Ein Land, dessen Sprache ich nicht einmal kannte, hat mich aufgenommen.** Wenn ich hierbleibe und weiterleben wollte, musste ich natürlich die Sprache lernen. Ich musste einen Sprachkurs besuchen und eine Ausbildung machen, um mich bei Bedarf verständigen zu können. Solange ich schnell lernen konnte, war es gut.

Eine lange Zeit verging, und dann kam der Brief, auf den ich gewartet hatte. Am nächsten Tag ging ich, wie mir gesagt worden war, sofort zum Sozialamt, wo man mir sagte, dass ich eine monatliche Unterstützung erhalten würde. Da ich mit einer Aufenthaltsgenehmigung aus Frankreich kam, musste ich nicht in einer Flüchtlingsunterkunft bleiben.

Sie boten mir auch eine eigene Wohnung und Hilfe im Haushalt an. Das war entspannend und schön. Als meine Verfahren abgeschlossen waren, wurde mir gesagt, dass ich eine Krankenversicherung abschließen müsse und dass meine Gesundheitskosten übernommen würden. Die monatliche Unterstützung lehnte ich ab, da ich mit meinen Ersparnissen aus Frankreich gekommen war. **Es war nicht viel, aber es reichte, um mich ein Jahr lang über Wasser zu halten.** Es wäre ungerecht gewesen, wenn ich das getan hätte. Jetzt konnte ich mich um meine Gesundheit kümmern. Von dem Tag an, an dem ich in Frankreich ankam, arbeitete ich bis zum letzten Tag meiner Abreise. Ich hatte nie Zeit, diesen Albtraum zu verarbeiten. Nachdem ich mich bei der Krankenversicherung angemeldet hatte, wurde mir mitgeteilt, dass meine Krankenversicherungskarte an meine Adresse geschickt würde. Es war das erste Mal, dass ich nach diesem Alptraum zum Arzt gehen konnte. Was ich durchgemacht hatte, war nicht einfach und nicht leicht.

Okay! Zuerst sagten sie, es sei mein Schicksal, dann gaben sie mir die Schuld. Aber einige Entscheidungen wurden über meinen Kopf hinweg getroffen, und ich habe getan, was man mir gesagt hat. **Meine Einwände fanden kein Gehör.** Unter diesem Druck war ich gezwungen, den Entscheidungen zu folgen. Seitdem konnte ich mein Land nicht mehr besuchen. Habe ich es vermisst? Und wie! Wenn ich den General wiedersehen würde, würde ich ihn fragen: **»Warum haben Sie uns das angetan?«** Ich wollte eine Antwort, warum man uns das angetan hat, warum man eine so große Entscheidung getroffen hat! Das war die eine Antwort, die ich hören wollte.

Was hatte er mit unseren Entführern zu tun? Wer waren sie? Warum hatten sie einen solchen Anschlag auf unsere Soldaten vorbereitet? Warum hatten der General und die algerischen Militärs zu diesem Massaker geschwiegen? Warum hatten sie uns dieses Leid zugefügt? Warum hat sich mein Staat nicht um die Überlebenden gekümmert? Sollte ich den Staat dafür verantwortlich machen? Ich wusste es nicht!

Ich wollte Antworten von meinem Militär. »Ich wünschte« zu sagen, half nicht. Aber ja, ich wünschte, ich hätte das Verfassungsgericht um Hilfe gebeten, nicht das Militär! Hätte in dieser Situation doch nur Gerechtigkeit geherrscht! Solche Gedanken gingen mir durch den Kopf. War das nicht auch in Frankreich so? Natürlich! Aber ich hatte mich nie anmelden können, weil der General Angst hatte, ich könnte mich unter meiner eigenen Identität anmelden.

Ich wartete sehnsüchtig auf meine Versichertenkarte, denn ich war bereit, mich von einem Arzt untersuchen zu lassen. Seit meinem letzten Krankenhausaufenthalt in meinem Heimatland war ich nicht mehr beim Arzt gewesen. Meine Wunden, die Schnitte von all den Peitschenhieben und

168

scharfen Messern, waren von selbst verheilt. *Aber was war mit meinen Organen?* Auch die vielen Wunden an meinem Schädel mussten untersucht werden. Während ich auf den Brief wartete, hatte ich übrigens viele algerische Freunde gefunden. Wir haben geredet, Kaffee getrunken, alles geteilt und zusammen gegessen. Denn in einem Flüchtlingsheim wollte ich nicht bleiben. Also suchte ich mir eine kleine Wohnung für mich. Es dauerte nicht lange, bis ich ein kleines Zimmer gefunden hatte. Ich habe es sofort gemietet! In meiner Wohnung gab es nichts außer einem Wasserhahn. Dank der Hilfe von Freunden, die ich in der Gemeinde kennengelernt hatte, wurden mir Möbel bis hin zu Elektrogeräten zur Verfügung gestellt. Mein Haus war innerhalb weniger Tage eingerichtet. Es lag direkt im Zentrum. **Die Regeln und Gesetze in Deutschland waren ganz anders als in Frankreich.** In mancher Hinsicht war es ähnlich, aber es war ein bürokratisches Land. Um keine Briefe zu verwechseln, kaufte ich mir Ordner, die ich nach Themen sortierte. *Warum sollte ich absichtlich schlampig sein, wenn ich vom ersten Tag an Ordnung schaffen konnte?* Meine Ordnung war nicht so gut wie die der Einheimischen, aber gewissenhaft. Ein neues Land, neue Gesetze.

Natürlich wollte ich **sofort einen Arbeitsplatz finden, aber die Leute, die ich traf, sagten: »Das ist nicht so einfach, wie du denkst.** Wie soll man in diesem Land sofort einen

169

Arbeitsplatz finden, wenn die Einheimischen hier selbst Schwierigkeiten haben, Arbeit zu finden? Du musst zuerst die Sprache des Landes lernen«. Gesetze müssen befolgt werden, also habe ich mich bei der Ausländerbehörde vorgestellt, um Erfahrungen in diesem Bereich zu sammeln. Eigentlich konnte ich keine Arbeitserlaubnis bekommen und auch nicht zur Schule gehen. **Oder ich hätte privat zur Schule gehen müssen.** Mit Hilfe von Freunden habe ich mich bei einer Schule vorgestellt. **»Vorerst können wir nur syrische Staatsbürger an der Schule anmelden, keine algerischen«,** sagte man mir. Sobald ein Platz in einem Sprachkurs frei würde, würde man mich informieren. **Das habe ich nicht verstanden.** *Warum wurde getrennt?* Entweder Syrer oder Algerier! Ich hatte mich für einen Sprachkurs angemeldet, nicht für die Staatsbürgerschaft. *Warum wurde ich getrennt?* Soweit ich es verstanden habe, wurde auf den Unterschied der sozialen Schicht geachtet. *Was war der Unterschied zwischen einem Syrer und einem Algerier, die eine Sprache lernen wollten?* Jedenfalls meldete ich mich für einen Sprachkurs an, den ich vor kurzem gefunden hatte, und hoffte auf baldige Nachricht. Natürlich wollte ich meine Zeit nicht vergeuden, bis die Nachricht eintraf. **Also installierte ich einige Sprachkurs-Apps auf meinem Handy, um zu lernen.** Auch Videos auf YouTube halfen mir beim Lernen. Freunde, die Kurse besuchten, gaben mir ihre Bücher. Aber zuerst habe ich mit Videos und Apps gelernt.

Die Bücher waren alle auf Deutsch und es gab keine Übersetzungen. Selbst wenn ich sie lesen könnte, würde ich sie nicht verstehen.

Der Kreis, den ich traf, wurde immer größer. **Während der eine mir etwas zeigte und erzählte, versuchte der andere mir etwas beizubringen, indem er mir etwas erzählte.** Mein Wissen wurde erweitert. Natürlich konnte ich nicht alles wissen, aber mit der Zeit wurde ich immer besser. **Mit der Post kam auch meine Versichertenkarte, auf die ich gewartet hatte.** Nun hatte ich meine eigene Versichertenkarte. Zum ersten Mal in meinem Leben konnte ich ohne Zuzahlung zum Arzt gehen. Aber ich wollte nicht, weil ich eine Erkältung oder Grippe hatte. **Das erste Mal ging ich wegen der Schäden, die die Folter meinem Körper zugefügt hatte.** Ich ging zum Arzt und fragte: »Brauche ich einen Termin?« »Nein, Sie können bleiben, wenn Sie Zeit haben«, bot man mir an. Also blieb ich und wartete im Wartezimmer, bis ich an der Reihe war. Ein Freund von mir begleitete mich und übersetzte das, was ich sagte, ins Deutsche. **Als ich in den Untersuchungsraum gerufen wurde, wollte ich zum ersten Mal seit langer Zeit jemandem von meiner Vergangenheit erzählen, von diesem Albtraum.** Zuerst erzählte ich ein wenig von meiner Situation, dann sagte ich, dass ich behandelt und untersucht werden möchte. »Weshalb?«, fragte der Arzt. Als ich den Pullover auszog, den ich trug, sah er die dicken und langen Striemen von der Folter. »Sind Sie ein Kriegsopfer?«, war seine erste Frage. »Ja«, antwortete ich. Die Einzelheiten und den Rest erzählte ich nicht in der ersten Behandlung. Mein Anliegen war es, meine Verletzungen und inneren Organe untersuchen zu lassen. Eine Kugel hatte meinen Schädel gestreift und ich fragte mich, ob ich bleibende Schäden davongetragen hatte. »Können Sie ein Röntgenbild machen?«, fragte ich ihn. «Oh mein Gott, was haben Sie alles durchgemacht?

Aber ich wollte es ihm noch nicht sagen. Ich hoffte, er würde keine weiteren Fragen stellen. Aber seine Fragen waren endlos und er tippte alle Antworten, die ich ihm gab, in seinen Computer. **Ich hatte Angst, dass er es dem Staat melden würde, weil ich in meinem Land immer noch verfolgt wurde.** Ich hatte noch keinen Pass beim algerischen Konsulat beantragt, **weil ich immer noch Angst hatte.** Der Arzt schickte mich zur Untersuchung zum Radiologen und zum Chirurgen. »Mach schnell einen Termin, ich bin gespannt auf das Ergebnis«, sagte er. Dank meines Freundes bekam ich sofort einen Termin. Da ich ihm vorher auch nicht gesagt hatte, warum ich zum Arzt gehe, war auch er überrascht, was er hörte, als er für mich ins Deutsche übersetzte. Ich hatte es niemandem erzählt. Er war nicht aus dieser Stadt.

Die Stadt, in der ich lebte, war klein. Sie glich einer kleinen Gemeinde, und jeder kannte jeden, egal aus welchem Land er kam, ob Deutscher, Grieche, Italiener, Türke, Araber ... Es war eigentlich eine sehr familiäre Umgebung. Eine Oase des Wohlbefindens. Wenn ich eine Familie hätte, würde ich hierbleiben wollen. **Aber wenn ich Single wäre, würde ich lieber nicht in dieser Stadt bleiben, weil ich diese familiäre Atmosphäre nicht zerstören würde.** Mal sehen, was die Zukunft bringt.

Veränderungen müssen zuerst im Denken,
dann im Fühlen und dann im Handeln stattfinden.

KAPITEL

18

Außerdem unterstützte ich meine Familie finanziell, indem ich ihnen mein Erspartes schickte. **Auch mein Bruder sagte nie nein.** Jedes Mal, wenn ich ihn grüßte, antwortete er: «Schick uns Geld». Natürlich fand ich das nicht gut, aber meine Mutter, mein Vater und meine Geschwister waren in Not. So habe ich meinen Schwestern den Schulbesuch bezahlt. **Sie sollten gebildete Frauen werden.** Solange es ging, wollte ich hinter ihnen stehen. Mein Vater war nicht zu Hause, wegen meiner Situation musste er sogar die Stadt wechseln. Ich wollte das alles nicht. Es tat mir so leid.

Ein Freund von mir fuhr in den Ferien nach Algerien zu seiner Familie, die in derselben Stadt lebte wie meine Familie. Da er ledig war, bot er mir an: »Mein Koffer ist fast leer, wenn du willst, nehme ich alles mit, was du deiner Familie schicken möchtest.« **Gerne kaufte ich meiner Mutter und meinem Vater ein gebrauchtes Handy, und da die deutsche Schokolade und der deutsche Kaffee sehr berühmt waren, schickte ich diese Sachen gleich mit.** Für den Moment war das in Ordnung, weil ich nicht genau wusste, was sie brauchten. Hauptsache, sie wussten, dass ich an sie dachte. *»Ich denke an euch und liebe euch.«* Ich konnte nicht so kommunizieren, wie ich wollte, weil nur mein Bruder ein Handy hatte. Aber ich wollte so mit meiner Mutter und meinem Vater sprechen, ohne eine dritte Person dazwischen zu haben. **Deshalb war es das Nützlichste und Notwendigste.**

Damals fiel mir eine Frau auf, die während der Arbeitszeit immer ein Lächeln auf dem Gesicht hatte, egal ob sie zur Arbeit ging oder nach Hause kam. **Trotz der vielen Arbeitsstunden schien sie immer glücklich zu sein.** Es war, als würde sie auf einer Feder gehen. Fast jeder in der Stadt kannte sie. Sie grüßte Alte und Junge, auch Kinder, sie machte keinen Unterschied. **Sie war hilfsbereit.** Wenn sie sah, dass ein alter Mann die Straße nicht überqueren konnte, sah ich, **wie sie alle Autos anhielt und einem alten Mann, der nicht mehr so gut laufen konnte, mit einem lächelnden Gesicht über die Straße half oder ein Kind aufhob, das hingefallen war.** Sie war wie ein guter Engel. Die ganze Gemeinde sprach nur Gutes über sie. Da ich meine eigenen Schwestern hatte, habe ich sie nie schlecht angesehen oder schlecht über sie gedacht. Das war unmenschlich.

Während ich das sah, erlebte Deutschland einen Flüchtlingsstrom. Obwohl sie herkommen konnten, begann für alle eine schwere Zeit.

Die Stadt hatte auch eine Moschee, die zur Republik Türkei gehörte. Ich war dem türkischen Staat dankbar. **Als ich in Frankreich lebte, hatte ich türkische Freunde, auch hier lernte ich einige kennen.** Als ich von einer Beerdigung hörte, ging ich sofort in die Moschee und erfuhr, dass ein junger Mann getötet worden war. Die Gemeinde hatte die Erlaubnis erhalten, über Lautsprecher aus dem Koran zu rezitieren, wovon ich noch nichts wusste. In der Moschee begann ich mit offenen Händen zu beten. Ich stand auf, ging nach vorne und sagte dem Imam, dass ich den Koran auswendig rezitieren könne. **So bekam ich die Erlaubnis, den heiligen Koran zu rezitieren.** Die Moschee war überfüllt. Sogar Deutsche und Ausländer aller Nationen hatten sich vor der Tür versammelt und hörten mir wohl zu. Meine Rezitation gefiel ihnen. **Als ich fertig war, bat man mich weiterzumachen.** Also stieg ich nicht von der Kanzel, sondern las weiter. Es stellte sich heraus, dass fast die ganze Stadt in die Moschee gekommen war, um zu sehen, wer den heiligen Koran rezitierte.

Die Trauerfeier für den getöteten muslimischen Jungen fand im großen Stadtpark statt. Sein Sarg war von vielen Menschen umringt. **Wie ich später erfuhr, wurden dort Lautsprecher aufgestellt und eingeschaltet.** Davon wusste ich vorher nichts. Ich dachte, dass mich außer der Menschenmenge, die sich in der Moschee versammelt hatte, niemand hören konnte. Nach einem kollektiven «Amen» erhob ich mich von meinem Platz und versuchte, leise zu verschwinden. **Aber die Haltung aller mir gegenüber hatte sich verändert.** Ich dachte, *was ist los? Warum gratulierten die Leute mitten auf der Straße?* Als sie mit den Fingern auf mich zeigten, hörte ich sie flüstern: **»Das ist der, der den Koran vorgelesen hat«.**

Ein Freund lobte mich voller Bewunderung: »Wie gut du den Koran rezitiert hast, die ganze Stadt hat dich gehört. Unsere Gemeinde hatte sogar die Lautsprecher eingeschaltet! Ein Vertreter der Stadtverwaltung rief mich beim Namen. Erstaunt drehte ich mich um. Vor mir stand ein Mann im Anzug, zwei weitere und eine Muslima. Neugierig ging ich auf sie zu. Der Anzugträger kam mir lächelnd ein paar Schritte entgegen. **Plötzlich umarmte er mich, war voller Emotionen und ließ seinen Gefühlen freien Lauf.** Es war eine sehr aufrichtige und ehrliche Umarmung. Er begann zu weinen, ohne etwas zu sagen. Um ehrlich zu sein, verstand ich nicht, was geschah. Es war möglich, *dass er um den toten jungen Mann weinte, also klopfte ich ihm auf den Rücken, um ihn zu trösten.* Die Lokalzeitung hatte wohl Fotos von uns gemacht, als wir uns umarmten. Die Dame sagte, dies sei ein privater Moment: **»Bitte nicht fotografieren«.** Der Herr im Anzug umarmte mich und bedankte sich: »Danke, vielen Dank, mein Junge«. Aber ich wusste immer noch nicht, wofür er sich bedankte! Dann sagte die muslimische Frau neben ihm: **»Er war sehr beeindruckt von deiner Rezitation aus dem Koran und fasziniert von deiner Stimme. So drückt er seine Gefühle aus«.** Eigentlich hatte ich ihn so rezitiert, wie er rezitiert werden sollte.

Zu Hause beschloss ich, so etwas nie wieder zu tun, denn auf dem ganzen Heimweg begegneten mir bewundernde Blicke. Bewundert wurde nur Gott. **Wir sollten nur Gott bewundern, Er hatte uns erschaffen.** Zu Hause betete ich oft, weil ich fürchtete, einen Fehler gegen Gott begangen zu haben. Der Koran war nicht aus meinem Mund verschwunden.

Am nächsten Tag wurde ich mit Anrufen von Leuten bombardiert, die ich getroffen hatte. **Mein Gesicht erschien auf den Titelseiten der Lokalzeitungen.** Der Herr, der mich umarmt hatte, war der Vertreter der Stadtverwaltung. *Woher sollte ich das wissen?* Denn ich lebte erst seit wenigen Tagen in dieser Stadt. Die Schlagzeile der Zeitung lautete: **»DIE GANZE STADT KONZENTRIERT SICH AUF DIESE STIMME! Der junge Mann, dem wir bewundernd zuhörten, hatte den Vertreter der Stadt umarmt«.** Die andere Lokalzeitung schrieb: **"Die Stimme des Wunders, eine Stimme, die unseren Schmerz linderte, gehörte diesem jungen Mann, dem wir mit Bewunderung zuhörten."**

Ich wünschte, es wäre nicht so. Ich hatte beschlossen, für einige Tage, vielleicht Wochen, meine Wohnung nicht zu verlassen. Nur meine Arzttermine wollte ich wahrnehmen.

Nach der Computertomographie rief mich der Arzt in seine Praxis. Er sagte: **»Sie müssen sofort operiert werden. Wie ich vermutet habe, befinden sich Schießpulver und Munitionsreste in ihrer Kopfhaut. Unbehandelt kann das gefährlich werden.«** Die Rückstände könnten ins Gehirn wandern und dort Schaden anrichten. Aber wenn man es jetzt behandeln würde, bestünde keine Gefahr. Natürlich vereinbarte ich sofort einen Termin in der Chirurgie.

Der Arzt, der meine erste Untersuchung gemacht hatte, rief mich an. Wir konnten uns wegen der Sprachbarriere nicht verständigen. Dann rief er noch einmal über jemand anderen an und gab das Telefon an seinen Patienten weiter, der für uns dolmetschte. **Er müsse etwas ganz Bestimmtes mit mir besprechen.** Also ging ich mit einem Freund, der übersetzte, zu ihm. Er nahm mich mit, bot mir eine Tasse Kaffee in seinem Sprechzimmer an und stellte mir eine sehr interessante Frage: **»Eine Schriftstellerin war bei mir in der Praxis. Da wir zur Zeit von Flüchtlingen überschwemmt werden, möchte sie die Lebensgeschichte eines Kriegsopfers in einem Buch veröffentlichen und die Stimme eines Unterdrückten sein. Wenn du Interesse hast, würde ich euch gerne zusammenbringen«.**

"Wenn sie sich bereit erklärt, unter einem anderen Namen und unter Anonymität zu schreiben, werde ich ihr Angebot annehmen", war meine Antwort. Er wollte uns zusammenbringen und uns vorstellen, der Rest war unsere Sache. Da ich noch keinen Reisepass beantragt habe, habe ich vielleicht etwas Mut gefasst. Denn die Republik Algerien weiß nicht, wo ich bin. Ich hatte Angst, dass die Verräter, die sich unter mein Land gemischt haben, den Leuten, die uns als Geiseln genommen haben, davon erzählen könnten, wenn sie es wüssten. Sie haben bereits unser Militär infiltriert, wer kann sagen, dass sie nicht auch unseren Staat und unsere Regierungsstellen infiltriert haben. Ich hoffe, dass mein Staat nicht geschädigt wird.

Ich hatte meinen ersten Termin mit dem Chirurgen.

Er begann zu analysieren, wie und wo diese Schießpulverstücke in meinen Schädel gelangt waren. "Er sagte mir, dass ich operiert werden müsse und dass wir so bald wie möglich einen Termin vereinbaren sollten. " Natürlich", stimmte ich zu, und man legte mir einen Haufen Papiere vor die Nase, die ich nicht verstand und die ich unterschreiben sollte. Er sagte, es sei ein kleiner Eingriff und ich könne nach dem ersten Tag sogar nach Hause gehen. "Gibt es zu Hause jemanden, der sich um Sie kümmert?", fragte er. Ich zeigte mich. Wie sollte ich mich als jemand, der schon den Geruch von Mama vergessen hatte, an die Krankenkost erinnern? "Wir lassen dich nicht allein", sagte der Freund, der für mich übersetzte. Und das war tatsächlich der Fall. Die familiäre Loyalität, die ich in Frankreich erlebt hatte, fühlte ich auch hier nicht vermisst. Sie müssen sich auch Sorgen um mich gemacht haben. Nicht einen einzigen Tag habe ich angerufen, um zu sagen, dass es mir gut geht. Es war gut, dass ich mich daran erinnere. Wie könnte ich die Arbeit jener Tage vergessen. Sie hatten mich aufgenommen wie ein Kind. Und weil ich sie in meiner Nähe fand, sah ich sie als meine Familie an. Ich habe dort nie die Einsamkeit gespürt. Ich hatte sie zu spüren bekommen, als ich hierherkam.

Ich bekam wieder einen Anruf von meinem Arzt. Er erkundigte sich nach meiner Gesundheit und meinem Wohlbefinden. Ich sagte ihm, dass es mir besser ginge, und er sagte mir über seinen Dolmetscher, er wolle einen Termin mit der Schriftstellerin vereinbaren. Er sagte, das sei für mich in Ordnung, Sie bestimmen den Zeitpunkt. Man bot mir drei Möglichkeiten an und sagte mir, ich solle eine davon wählen. Als wir uns auf die Zeit geeinigt hatten, legten wir auf und sagten, dass jemand dolmetschte, ich müsse ihn nicht mitbringen. Ich ahnte, dass es ein interessantes Treffen werden würde, zumindest hatte ich dieses Gefühl.

Um ehrlich zu sein, **war ich aufgeregt und konnte mich nicht entscheiden,** was ich zu unserem Treffen anziehen sollte. Ich kam mit meinen Ersparnissen. Es war nicht viel, aber genug, um mich ein paar Monate ohne Einkommen zu ernähren. Seit dem Tag meiner Ankunft hatte ich nie wieder für mich selbst eingekauft. Plötzlich beschloss ich, einkaufen zu gehen und kaufte mir eine neue Jeans, einen Pullover, eine Jacke, Schuhe, Socken und so weiter. Mein Einkauf hat mir gefallen. Ich wusste nicht, warum ich so aufgeregt war, aber es ging nicht weg. **Es war ein Gefühl, als würde sich etwas in mir bewegen, ein Gefühl der Befreiung.** So ein Gefühl hatte ich noch nie gehabt. Es waren noch zwei Tage, in denen ich die Zähne zusammenbeißen musste, **die ich in der Wüste von Mali im Kampf um Leben und Tod verloren hatte.** Ich musste noch etwas Geduld haben. Bis zu diesem Tag habe ich friedlich zu Hause gebetet. Ich musste nur noch auf diesen Tag warten.

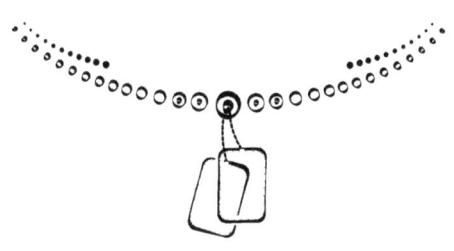

Jemanden zu helfen verändert vielleicht nicht die Welt,

aber es könnte die Welt für eine Person verändern.

maarouf

KAPITEL

19

Der erwartete Tag kam, ich war immer noch aufgeregt. **Am Morgen zog ich meine neuen Kleidungsstücke an und ging zum Friseur.** Ich fühlte mich, als hätte ich ein Vorstellungsgespräch oder ein Treffen mit jemand ganz Besonderem. **Eine unbeschreibliche Wärme füllte mein Herz.** Als ich vor der Tür stand, versuchte ich, meine Aufregung zu unterdrücken. Ich schaute auf die Uhr, es war Zeit. Also ging ich die Treppe hoch und hinein in die Praxis. Nach einer kurzen Wartezeit im Warteraum wurde ich in das Arztzimmer geführt. Währenddessen beobachtete ich, wie die Leute leise kamen und gingen. Es dauerte nicht lange, bis der Dolmetscher, **den ich vom Sehen her kannte,** das Zimmer betrat. Als ich ihn darauf aufmerksam machte, dass wir uns schon einige Male begegnet waren, erinnerte er sich auch an mich, sogar daran, dass ich bei der Beerdigung aus dem Koran vorgelesen hatte. **Ich beendete das Thema, bevor es begonnen hatte,** und sagte: «Es ist besser, wenn wir nicht mehr darüber sprechen". Der Herr Doktor betrat eilig den Raum und schüttelte dem Übersetzer die Hand. **Er umarmte mich so herzlich, als wäre er mein Vater.** »Vielen Dank, vielen Dank. Du hast den Koran mit einer solchen Aufrichtigkeit gelesen, **dass du an diesem Tag fast die ganze Stadt zu Tränen gerührt hast.** Ich wusste nicht, dass man den Koran so tief und eindrucksvoll lesen kann, verzeih mir«, sagte er.

Die Koranverse berührten die Menschen unabhängig von ihrem Glauben oder ihrer Nationalität. »Ich werde immer noch emotional, wenn ich daran denke«, gestand er. Fast die ganze Stadt hatte davon gehört. Eigentlich war es nicht meine Absicht, eine solche Situation auszulösen. Während ich dachte, dass *nur die Moscheegemeinde mich hören würde,* war mein Gebet über Lautsprecher in der ganzen Stadt zu hören. Der Arzt plante: »Lassen wir die Schriftstellerin auf meinem Platz sitzen, wenn sie kommt. Ich setze mich an die Tischkante auf ihrer Seite. Maarouf, du setzt dich direkt vor die Schriftstellerin und der Übersetzer setzt sich mir gegenüber auf die andere Seite des Tisches«. Das war für uns kein Problem.

Nachdem uns Wasser und Kaffee serviert worden waren, klickte es an der Tür und die Assistentin fragte: **»Die Schriftstellerin ist da, soll ich sie hereinbitten?«** Die Schriftstellerin trat ein und sagte auf Deutsch: »Hallo, bin ich zu spät? Oder seid ihr zu früh?« Als ich aufstand und mich zu ihr umdrehte, sah ich die freundliche Frau, die immer so hilfsbereit war und für jeden ein Lächeln hatte. Sie begrüßte einen nach dem anderen, dann war ich an der Reihe. Der Arzt bot ihr seinen Platz an. **Dankbar setzte sie sich.** Nachdem man ihr ein Getränk angeboten hatte, begann sie zu sprechen.

Zuerst bedankte sie sich beim Arzt, dass er uns diese Möglichkeit gegeben hatte, dann stellten wir uns vor. Der Arzt sagte in die Runde: **»Wenn es durch meine Vermittlung zu einem positiven Ergebnis kommt, möchte ich mich bei Ihnen bedanken. Wir sind in einer interessanten Situation, ganz Europa wird von Flüchtlingen überschwemmt. Es ist sehr wichtig, dass solche Themen in den Vordergrund rücken.«** Dann stellte er mich der Schriftstellerin vor und sprach auch über meine Folterverletzungen.

»Wenn Sie zustimmen, dass mein richtiger Name und meine Identität verborgen bleiben, nehme ich Ihr Angebot an«, antwortete ich.

Vorsichtig fragte sie: **»Du bist doch der junge Mann, der aus dem Koran vorgelesen hat, oder?«** »Ja, aber bitte. Das ist nicht bewundernswert. **Bewundernswert ist nur der eine Gott.** Außerdem ist das jetzt nicht unser Thema«, wiegelte ich schüchtern ab. Sie war vorbereitet gekommen und hatte einige Papiere in der Hand. Sie bat mich, meinen Lebenslauf zu beschreiben. Während ich sprach, begann sie auf ihrem mitgebrachten Laptop zu tippen. **Inzwischen hatte uns der Arzt mit dem Übersetzer allein in seinem Büro gelassen, um zu seinen Patienten zurückzukehren.** Neben meinem Lebenslauf fragte sie mich nach meiner Ausbildung, nach der finanziellen Situation meiner Familie,

190

nach meiner Verwandtschaft. »Wie viele Geschwister hast du? Gibt es Kommunikationsprobleme zwischen ihnen? Sehen oder hören sie sich?«, fragte sie, dann kamen Fragen über: »Schule, Beruf, Militärdienst, Land, Krieg, welche Art von Viktimisierung haben sie erlebt? Usw.!« Sie bat mich, kurz zu antworten. **Während ich sprach, protokollierte sie alles.** Man kann sagen, dass das Interview durchschnittlich drei Stunden gedauert hat. Während ich sprach, übersetzte der Dolmetscher ins Deutsche, und während er übersetzte, machte sich die Verfasserin Notizen.

Unter der Bedingung, dass mein Name geheim bleibt, willigte ich ein, meine Geschichte zu veröffentlichen. **Also setzte sie einen Vertrag über die Veröffentlichung und Vervielfältigung auf.** Natürlich übersetzte der Dolmetscher alles so, wie es war. Dann unterschrieb ich den Vertrag. Die Autorin erklärte ihre Arbeitsweise. Sie sagte, **dass sie normalerweise mit Tonbändern arbeitet, aber da beide Parteien in derselben Stadt lebten, könnten wir ab und zu auch privat arbeiten, wenn es passt.** Schließlich fragte sie: »Wann können wir anfangen, an welchem Tag können wir ein zweites Treffen haben?« »Ich kann mich nach ihrer Zeit richten, da ich noch nicht arbeite«, erklärte ich. »Wäre ein Sonntag in Ordnung?«, fragte sie, da sie selbst arbeitete. »Natürlich, ja, gerne«, bestätigte ich. Es war unmöglich, ihr Angebot abzulehnen, denn wir waren ein tolles Trio.

Nachdem wir unsere Kontaktdaten ausgetauscht hatten, schüttelten wir uns die Hände und verabschiedeten uns.

Vier Tage später trafen wir uns wieder. Ich fragte mich, *wie ihr System funktionierte und wie es sich auf mich auswirken würde.* Aber ich würde es verstehen, wenn wir erst einmal angefangen hatten. Beim Kaffee sprachen wir darüber.

Es war Sonntag, wir wollten uns in **Café Nostalgie** auf der **schönen Lenne Terrasse direkt an der Lenne Promenade** treffen, um dort das Buchprojekt zu starten. Zur verabredeten Zeit war ich da. Statt zu warten, setzte ich mich und bestellte meinen Espresso. Sie kam mit einem glücklichen, lächelnden Gesicht an den Tisch und strahlte Freude aus. **Wir begrüßten uns und unterhielten uns ein wenig.** Der Dolmetscher meinte, er würde sich etwas verspäten, es gäbe ein Parkplatzproblem, er würde bald bei uns sein. **Für die Autorin war dies kein Hindernis, da die französische Sprache kein Problem darstellte.** Arabisch könne sie auch, aber nur ein paar Sätze. Zur Not könnten wir unsere Hände und Füße und unsere Körpersprache benutzen. Nachdem wir uns zu dritt versammelt hatten, begann das Gespräch. **Die Schriftstellerin erklärte, dass sie Französisch als Fremdsprache in der Schule gelernt habe.** Sie spreche so viel Französisch, dass wir uns im Notfall verständigen könnten. Aber war es genug, um einen Roman zu schreiben? Nein, es reichte nicht! Wir lachten darüber.

Zu beiden Treffen kam sie gut vorbereitet. Sie war nicht unprätentiös, sie war sofort bei der Sache und legte den Schwerpunkt auf meine Geschichte. Während sie diszipliniert arbeitete, ließ das Lächeln auf ihrem Gesicht nicht nach. Sie hatte ein funktionierendes System und war sehr zielstrebig und selbstbewusst. Plötzlich stellte die Schriftstellerin zwei Sprachgeräte auf den Tisch und fragte: „Huh huu! Bist du abgelenkt?« Sie riss mich aus meiner Märchenwelt, in der ich mich sonst gar nicht befinde und ich lehnte mich wieder an meinem Stuhl. **Dann entschuldigte ich mich bei ihr, dass ich für einen Moment abgelenkt war.** »Ja, ich bin hier«, fügte ich hinzu. Sie erklärte mir noch einmal, wie das System funktioniert. Nachdem sie mir ein Diktiergerät gegeben hatte, erklärte sie mir, dass sie auch eines hätte und dass sie mir so viele Bänder besorgen könnte, wie ich bräuchte. **Aber wir begannen mit fünf Bändern.** Die Bereiche, für die sie sich vorbereitet hatte, spiegelten sich auf den Bändern wider. Sie schrieb sogar meinen Namen auf die nummerierten Kassetten. **Sobald ich mit dem Interview fertig war, sollte ich ihr die Bänder zurückgeben, da sie keine Zeit hatte, sich ständig zu treffen, um an dem Buchprojekt zu arbeiten.** Unser Vorteil war, dass wir in derselben Stadt wohnten. Ich sollte also die besprochenen Bänder in ihren Briefkasten werfen. »Möchtest du noch etwas fragen?«, fügte sie zum Schluss hinzu. Als ich verneinte, nahm sie den letzten Schluck aus ihrem Glas und stand auf. Damit war alles gesagt und wir verabschiedeten uns.

Vielleicht würden mir diese neuen Schritte ganz guttun. Vielleicht war ich in der Lage, das, was in meiner Vergangenheit geschehen war, zu verarbeiten und darüber zu sprechen, auch wenn es nur ein Diktiergerät war. Die Antwort auf diese Frage kannte ich noch nicht, aber ich wollte herausfinden, welche Wirkung das auf mich haben würde.

Inzwischen hatte ich Kontakt zu dem Übersetzer aufgenommen. **Er war verheiratet und Vater von zwei Kindern.** Er sagte, er wolle jede freie Minute und jeden freien Augenblick dem Studium des Buches widmen, mit Ausnahme der Zeit, die er für seine Arbeit und seine Familie benötige. **Er betonte, dass ihm dies besondere Freude und Glück bringen würde.** Außerhalb der Arbeitszeit hatte er normalerweise keine Zeit, aber er sagte, er wolle dieses Projekt bis zum Ende unterstützen. Er war sich seiner Sache sicher, ebenso wie die Autorin.

«Wir werden sehen, wohin uns dieses Projekt führt."

Irgendwann habe ich dann doch einen Pass beantragt. Die Republik Algerien wusste nicht, wo ich war, weil ich nicht registriert war. **Obwohl ich Angst hatte, dass die Verräter, die sich unter unser Volk gemischt hatten, herausfinden würden, wo ich lebte, wagte ich diesen Schritt.**

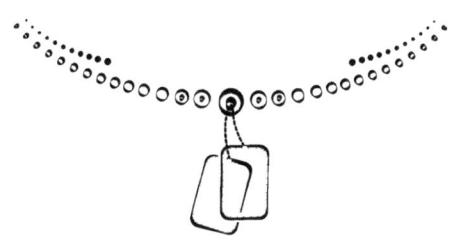

Egal wie viel Zeit vergeht und egal wie sehr du es auch versuchst... Manche Menschen verlassen dein Leben, aber niemals dein Herz.

maarouf

KAPITEL

20

Monate waren vergangen. Vielleicht sogar fast ein Jahr. In dieser Zeit hatte ich über den Übersetzer Kontakt zu der Schriftstellerin, die sich alle meine Kassetten angehört hatte. Dann begann sie mit ihrer Arbeit. *Ich war aufgeregt, als ich die Botschaft zum ersten Mal hörte, denn ich dachte, dass die Stimme der Unterdrückten sicher gehört werden würde.* Einige dachten so, andere so. Vielleicht dachte ich so, weil meine Situation anders war.

Ich hatte meine Geschichte bis ins kleinste Detail erzählt.

Damals war ich mit mir selbst beschäftigt und mit der Stadt, in der ich lebte. Mein Spitzname hier blieb der junge Mann, der den Koran rezitierte. **Ich sah immer noch anerkennende Augen. Von allen!** Das war kein Leben für mich. Aber vom ersten Tag an bis heute hatte ich sehr positive Gedanken über diese Stadt und ihre Lebensweise. Aus diesen Gründen habe ich beschlossen, nicht mehr hier zu leben und in mein Land zurückzukehren.

Ich konnte jedoch nicht in mein Land zurückkehren, weil mein Pass, den ich endlich zu beantragen gewagt hatte, noch nicht ausgestellt worden war. In vier bis fünf Wochen sollte er fertig sein. **Bis dahin würde ich mein Leben in dieser Stadt weiterführen.** Meinen Vermieter hatte ich bereits über meine Kündigung informiert. Die Schriftstellerin hatte mir zwei Wochen vor meiner Abreise über den Übersetzer eine Nachricht zukommen lassen, dass sie mit der Niederschrift meiner Geschichte begonnen habe und sie nur noch überarbeitet werden müsse. Mit dieser Nachricht war ich zufrieden. Vor meiner Abreise hatte ich mich auch über diese Nachricht gefreut.

Um jeden Preis wollte ich nach Hause zurückkehren. **Ich werde wieder mit meiner Familie vereint und bei ihnen sein.** Um welchen Preis auch immer. Ich werde in meine Heimat zurückkehren.

Obwohl mein Heimatland mich verlassen hat, werde ich um jeden Preis zurückkehren, denn ich werde und habe mein Heimatland nicht verlassen.

Ich war sehr glücklich darüber.

Die Benachrichtigung über die Ausstellung meines algerischen Passes habe ich online erhalten. **Nachdem ich ihn erhalten hatte, verbrachte ich keine ganze Woche mehr in Deutschland.** Mit meinem letzten Geld habe ich mein Flugticket gekauft. Ich verabschiedete mich von all den netten Menschen in der kleinen Gemeinde, die ich kennenlernen durfte. **Zuletzt traf ich die Schriftstellerin und dankte ihr von ganzem Herzen dafür, dass sie mir die Flügel zum Fliegen gegeben und mich durch die Kommunikation innerlich befreit und zu meinem alten Selbstvertrauen geführt hatte.** Ich überreichte ihr meine letzte Kassette und reiste zurück in meine Heimat.

Altena, GERMANY

© Nurgül Sönmez

ENDE

* Die Illustrationen sind dem realen Leben Maaroufs nachempfunden.

Matilda Türkçe

Savaşın İçinden Bir Kelebek

Sert Kapak - İnce Kapak - e-kitap

Matilda Deutsch

Ein Schmetterling inmitten des Krieges

Paperback - Hardcover - e-book

Matilda English

A butterfly through the war

Paperback - Hardcover - e-book

Yasemin'in Çaresizliği - 1 Türkçe

Binlerce Yasemin'den Bir Yasemin'in Sesi

Sert Kapak - İnce Kapak - e-kitap

Yasemin'in Savaşı - 2 Türkçe

Binlerce Yasemin'den Bir Yasemin'in Sesi

Sert Kapak - İnce Kapak - e-kitap

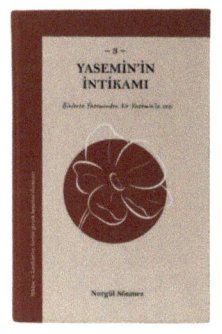

Yasemin'in İntikamı - 3 Türkçe

Binlerce Yasemin'den Bir Yasemin'in Sesi

Sert Kapak - İnce Kapak - e-kitap

Yasemins Verzweiflung - 1 Deutsch

Eine Stimme unter Tausenden

Paperback - Hardcover - e-book

Yasemins Kampf - 2 Deutsch

Eine Stimme unter Tausenden

Paperback - Hardcover - e-book

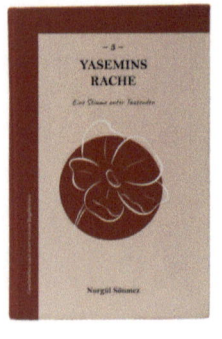
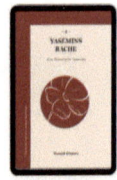

Yasemins Rache - 3 Deutsch

Eine Stimme unter Tausenden

Paperback - Hardcover - e-book

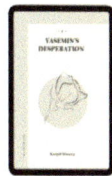

Yasemins Desperation - 1 English

One voice among thousands

Paperback - Hardcover - e-book

Yasemins Struggle - 2 English

One voice among thousands

Paperback - Hardcover - e-book

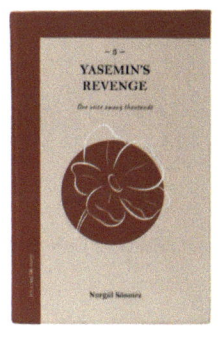

Yasemins Revenge - 3 English

One voice among thousands

Paperback - Hardcover - e-book

1001 Gece Yerine Bin Bir Gün Türkçe

"Özgürlüğe süzülen bir mülteci"

Sert Kapak - İnce Kapak - e-kitap

Statt 1001 Nacht - Tausendundein Tag Deutsch

"Weg in die Freiheit"

Paperback - Hardcover - e-book

Instead Of 1001 Night – One Thousand and One Day English

"A refugee soaring to freedom"

Paperback - Hardcover - e-book

Maarouf Türkçe

"Vatanı tarafından terk edilmiş bir adamın, inanılmaz öyküsü"

Sert Kapak - İnce Kapak - e-kitap

Maarouf Deutsch

"Ein Mann, der von seiner Heimat verlassen wurde"

Paperback - Hardcover - e-book

Maarouf English

"The incredible story of a man abandoned his homeland by force"

Paperback - Hardcover - e-book

nurgulsonmezofficial

Teklif ediyoruz:

Almanca, İngilizce, Fransızca ve Türkçe dillerinde
uzman edebi kitap çevirileri.

. Editörlük
- Almanca, İngilizce, Fransızca, Türkçe

. Düzeltme
- Almanca, İngilizce, Fransızca, Türkçe

Eserlerinizden çevirmekle
ilgileniyor musunuz?
O zaman lütfen bize bir
e-posta gönderin.

Nous offrons :

Des traductions littéraires professionnelles
de livres en allemand, anglais, français et turc.

. Lectorat
- Allemand, Anglais, Français, Turc

. Lecture de correction
- Allemand, Anglais, Français, Turc

MERHABA   HALLO   HELLO

nurgulsonmez
ns.nurgulsonmez@gmail.com
nurgulsonmezofficial

Nurgül Sönmez
- Şərəfnaləm -

■ **Sunduğumuz hizmetler:**

Almanca, İngilizce, Fransızca ve Türkçe dillerinde uzman edebi kitap çevirileri.

- Editörlük - Almanca, İngilizce, Fransızca, Türkçe
- Düzeltme - Almanca, İngilizce, Fransızca, Türkçe

Siz de eser(ler)inizin çevirisini yapmak ve ek hizmetlerimizden (redaksiyon, düzenleme, kitap kapağı tasarımı, illüstrasyon & kitap dizgisi) yararlanmak istiyorsanız bize ulaşın.

- Talebinizi bize e-posta ile gönderebilirsiniz.

■ **Nous offrons:**

Des traductions littéraires professionnelle des livre en allemand, anglais, française et turc.

- Lectorat - Allemand, Anglais, Français, Turc
- Lecture de correction - Allemand, Anglais, Français, Turc

Vous êtes également intéressé par la traduction littéraire de votre ou vos œuvres et par le bénéfice de nos services complémentaires (relecture, correction, conception de couvertures de livres, illustration et composition de livres).

- Alors envoyez-nous votre demande par e-mail.

✉ ns.nurgulsonmez@gmail.com

Wir bieten:

In den Sprachen **Deutsch, Englisch, Französisch & Türkisch** fachgerechte literarische Buchübersetzung an.

• *Lektorat*
- **Deutsch, Türkisch, Englisch, Französisch**

• *Korrekturlesen*
- **Deutsch, Türkisch, Englisch, Französisch**

We offer:

Professional literary book translation in **German, English, French & Turkish.**

• *Editing*
- **German, Turkish, English, French**

• *Proofreading*
- **German, Turkish, English, French**

Sie haben auch Interesse eines Ihrer Werke zu Übersetzen? Dann schreiben Sie uns gerne ein Email.

MERHABA

HELLO

HALLO

Nurgul Sönmez

f nurgulsonmez

✉ ns.nurgulsonmez@gmail.com

📷 nurgulsonmezofficial

■ **Wir bieten:**

In den Sprachen Deutsch, Englisch, Türkisch und Französisch fachgerechte literarische Buchübersetzung an. Zusätzlich;

• Lektorat - Deutsch, Englisch, Türkisch, Französisch
• Korrekturlesen - Deutsch, Englisch, Türkisch, Französisch

Sie haben auch Interesse Ihr Werk oder Ihre Werke literarisch zu Übersetzen und von unseren zusätzlichen Dienstleistungen zu profitieren (Lektorat, Korrekturlesen, Buchcover Design, Illustration & Buchsatz).

  Dann schicken Sie uns Ihre Anfrage per Email.

■ **We offer:**

Professional literary book translation in German, English, Turkish and French.

• Editing - German, English, Turkish, French
• Droofreading - German, English, Turkish, French

You are also interested in literary translation of your work(s) and benefit from our additional services (Editing, droofreading, book cover design, illustration & book typesetting).

  Then send us your request by email.